Herzenskater

Liebeserklärung an eine Katze

Herzenskater

Liebeserklärung an eine Katze

Anke Globig

Bibliografische Information der Deutschen Nationalbibliothek:

Die Deutsche Nationalbibliothek verzeichnet diese Publikation in der Deutschen Nationalbibliografie; detaillierte bibliografische Daten sind im Internet über dnb.dnb.de abrufbar.

Lektorat: „Lektorat Rohlmann & Engels"

Verlag: BoD • Books on Demand GmbH, In de Tarpen 42, 22848 Norderstedt
Druck: Libri Plureos GmbH, Friedensallee 273, 22763 Hamburg
ISBN: 978-3-7597-8575-6

Inhalt

Vorwort- Warum dieses Buch?

Als Pepper, mein Herzenskater, starb, lag meine Welt in Scherben. Mein Herz brach und ich fühlte mich, wie in einem Vakuum gefangen. Im Alltag funktionierte ich irgendwie, aber es fühlte sich an wie ferngesteuert.

Ich habe Pepper oft als die Liebe meines Lebens bezeichnet – und das meinte ich ernst. Kein Mensch blieb je so lange in meinem Leben wie Pepper. Er begleitete mich durch zwei Jahrzehnte, durch alle Höhen und Tiefen. Umzüge, Jobwechsel, Trennung, Abschiede, Krankheiten, depressive Phasen, die Pflege meiner demenzkranken Mutter, neue Freundschaften, zerbrochene Freundschaften ... Pepper war da, um sich mit mir zu freuen. Pepper war da, um mich zu trösten.

Sein Bruder Phoebe kam mit meinen Gefühlen nicht so gut klar. Wenn es mir schlecht ging und ich weinte, schaute Phoebe mich ganz verstört an und ging auf Abstand. Das tat mir jedes Mal leid, da er sich sichtlich unwohl damit fühlte. Pepper aber kuschelte dann besonders ausgiebig und ertrug geduldig die Tränen in seinem Fell.

Als er älter wurde, konnte er allmählich weniger gut damit umgehen. Er ging nicht, wenn ich traurig war, aber er verhielt sich auch nicht mehr so innig. Und es wird mir immer leidtun, dass ich in den letzten Monaten seines Lebens so oft traurig war und ihn mit meiner Stimmung belastet habe. Damals war ich mit der Pflege meiner Mutter emotional überfordert.

Zu Pepper hatte ich von Anfang an eine besonders innige Beziehung. Er war ein Charakterkater und wusste genau, was er wollte. Ich hatte oft ein schlechtes Gewissen Phoebe gegenüber, weil Pepper sich die Aufmerksamkeit nahm, die er brauchte. Er forderte sie vehement ein. Phoebe kam dann leicht zu kurz und neigte dazu, sich zurückzuziehen. Ich musste aufpassen, ihm bewusst meine Aufmerksamkeit zu schenken und ihn aus seinem Schneckenhaus zu holen.

Mit der Zeit spielte sich das ein und Phoebe wurde selbstbewusster, dennoch war Pepper meinem Herzen ein klein wenig näher.

Peppers Seniorenjahre verbrachten wir zu zweit. Phoebe war bereits vorausgegangen über die Regenbogenbrücke und mein Partner war ausgezogen. Nur noch Pepper und ich. In dieser Zeit wurde unsere Beziehung so innig, vertraut und liebevoll, wie ich es nie zuvor erlebt habe. Deshalb ist Pepper die Liebe meines Lebens.

Als Pepper schließlich starb, starb ein Teil von mir mit ihm. Ich tröstete mich mit dem Gedanken, dass ein Teil von ihm dafür in mir weiterlebe – in meinem Herzen, in meiner Erinnerung. Ich versprach, ihn nie zu vergessen. Und hier komme ich zum Grund für dieses Buch.

Die letzten zwei Jahre mit Pepper waren für mich eine sehr schwere Zeit. Pepper baute zusehends ab und ich dachte mehrmals, es wäre vorbei. Gleichzeitig erkrankte meine Mutter an Demenz, hatte zwei schwere Stürze und war schließlich auf einen Rollstuhl angewiesen. Der ständige Spagat zwischen der Pflege meiner Mutter, der Pflege meines Katers, der Arbeit – und meiner eigenen mittlerweile etwas angeschlagenen Gesundheit verlangte mir einiges ab.

Die Demenz meiner Mutter machte mir Angst. Es ist eine grausame Krankheit. Ein Tod auf Raten. Der Mensch, der einmal war, stirbt Stück für Stück, bis nur noch eine Hülle übrig ist. Man wird sehr nachdenklich, wenn man sich mit der Erkrankung auseinandersetzt.

Als ich Pepper versprach, ihn nie zu vergessen, kam ein beängstigender Gedanke auf: *Was, wenn auch ich eines Tages dement werde? Wenn ich alles vergesse, vergesse ich dann auch Pepper?*

Der Gedanke tat weh. Ich wollte das auf jeden Fall verhindern. So begann ich, Peppers Geschichte aufzuschreiben. Ich schreibe gegen das Vergessen.

Ich möchte mich für immer an diesen ganz besonderen Seelenkater erinnern – bis wir uns eines Tages wiedersehen …

Ich habe mir vorgenommen, in diesem Buch ehrlich zu sein. Ich erzähle alles genau so, wie es war, wie ich es empfunden habe. Auf manches bin ich nicht stolz, manches beschämt mich. Aber zu jeder Zeit habe ich versucht, das Beste für meine Katzen zu tun – ich habe es nur nicht immer geschafft. Auch ich bin ein Mensch voller Fehler. Und das ist okay – vielleicht eine der wertvollsten Lektionen, die Phoebe und Pepper mich gelehrt haben.

Vorüberlegungen

Als ich aus meinem Elternhaus in die erste eigene Wohnung zog, stand von Anfang an fest: Ich will wieder ein Haustier. Als Kinder hatten wir so manches Tier: Meerschweinchen, Kaninchen, Hamster, Wellensittiche und sogar eine weiße Maus. Wir liebten unsere Tiere, und ich bin froh, mit Tieren aufgewachsen zu sein. Allerdings hatten sie – im Nachhinein betrachtet – zu wenig Platz. Sie alle lebten im Käfig und kamen viel zu wenig raus. Außer die Wellensittiche – die durften den ganzen Tag im Wohnzimmer herumfliegen.

Meine Eltern wollten irgendwann keine Tiere mehr, ich hingegen hegte weiterhin diesen Wunsch. Am meisten hatte ich als Kind mein Kaninchen Mucki geliebt, aber ich wollte nach den vergangenen Erfahrungen kein Tier mehr in einen Käfig sperren. Also begann ich, mir Gedanken zu machen.

Zuvor hatte ich nie eine besondere Beziehung zu Katzen gehabt. Ich mochte sie, aber sie waren für mich Tiere wie alle anderen. Irgendwie setzte sich jedoch der Gedanke fest: „Die können sich frei in der ganzen Wohnung bewegen, und wenn ich abends heimkomme, werde ich begrüßt." Das gefiel mir.

Da ich ein Mensch bin, der sich viele Gedanken macht, wurde erst mal recherchiert. Ich kaufte mir einige Katzenbücher, las mich durch Internetforen und ließ mich sogar von einer Tierarzthelferin beraten. Schließlich stand der Entschluss fest: Ich wollte eine Katze! Oder besser, zwei Katzen – denn ich hatte inzwischen gelernt, dass Katzen nicht die Eigenbrötler sind, für die auch ich sie bis dato hielt.

Bereits bei der Suche nach meiner ersten eigenen Wohnung achtete ich darauf, dass ich Katzen halten dürfte und fand eine wunderschöne Wohnung mit zwei Balkons, von denen einer bereits von der Vormieterin mit einem Gitter katzensicher gemacht worden war. Dieses Gitter konnte ich übernehmen.

Der Balkon dieser Wohnung war geschickt angelegt, ein kleines Fenster über der Badewanne führte hinaus, so konnte ich bei schönem Wetter das Badezimmerfenster zum Balkon hinaus offenlassen, wenn ich zur Arbeit ging. Die beiden konnten sich also den ganzen Tag über unbeaufsichtigt auf dem Balkon herumtreiben.

Allerdings lag das Gebäude an der Hauptstraße, also kamen nur Wohnungskatzen in Frage. Alles andere hätte mein Nervenkostüm nicht ertragen.

Ich wollte keine jungen Katzen, da ich bisher keine Katzenerfahrung hatte und fürchtete, etwas falsch zu machen. Nein, erwachsen sollten sie sein. Ich wollte ihren Charakter bereits erkennen können, um zu sehen, ob wir zusammenpassten. Außerdem sollten sie an Wohnungshaltung gewöhnt sein. Niemals würde ich eine Katze einsperren, die Freigang gewöhnt war.

Erstaunlicherweise musste ich nicht lange suchen. Es dauerte genau zwei Tierheimbesuche. Im ersten wurde mir ein Geschwisterpärchen junger Kätzchen vorgestellt. Sie waren herzallerliebst, aber ich wollte ja keine kleinen Kätzchen, lieber sogar ältere. In meiner herrlichen Naivität bildete ich mir ein, wenn sie schon alt und nicht mehr so lange bei mir wären, würde mir der Abschied einmal nicht so schwerfallen, wenn sie schließlich sterben... Ich lache heute noch darüber.

Im zweiten Tierheim wurden gerade drei Wohnungskatzen beherbergt, alle drei braun getigert. Ich hatte immer gesagt: „Alles nur keine Tiger." Ich fand sie so 08/15, weil sie so häufig sind, und in meinen Augen sahen sie alle gleich aus. Ich kann mich nur wiederholen: diese Naivität ... Heute weiß ich, dass keine Tigerkatze aussieht, wie die andere und sie alle sind wunderschön.

Ich wollte mir also diese drei Katzen einmal ansehen. Zwei waren Geschwister, ein Jahr alt – eigentlich jünger, als ich sie mir gewünscht hätte – und ein einzelner Kater, etwas älter, der letzte von insgesamt sieben Wohnungskatzen, deren Besitzerin verstorben war. Sein Schicksal rührte mich damals besonders. Johnny war seit einem halben Jahr im Tierheim. Seine Kameraden waren alle vermittelt worden, aber niemand wollte Johnny, weil er so scheu war und niemanden an sich heranließ. Mein Herz schmolz – aber ich wollte ja zwei Katzen, die sich am liebsten schon kennen sollten, weil ich mir mit meiner mangelnden Erfahrung keine Vergesellschaftung zutraute. Also doch lieber die Geschwister: Phoebe und Pepper.

Die Tierheim-Mitarbeiterin berichtete, Phoebe sei recht zugänglich und verschmust, aber Pepper sei sehr scheu und zurückhaltend. Er käme kaum aus seinem Körbchen. Dabei zeigte sie mir das Gehege der drei Stubentiger. Darin standen drei Bastkörbchen. Aus jedem davon schaute ein verschrecktes Augenpaar. Die Mitarbeiterin ließ mich hinein, gab mir einen Hocker und verließ den Raum.

Die Tür war kaum zu, da kam ein kleines zierliches Wesen mit einer unbeschreiblich schönen Fellzeichnung aus seinem Korb, näherte sich mir vorsichtig, beschnupperte mich und ließ sich streicheln. Es dauerte nicht lange, bis Pepper schnurrend mit mir kuschelte und sogar auf meinen Schoß krabbelte. Ja, Pepper, der doch angeblich so scheu und ängstlich war. Die Mitarbeiterin traute ihren Augen kaum, als sie später wiederkam und uns zwei so sah.

Phoebe und Johnny blieben skeptisch. Ich hielt ihnen meine Hand zum Schnuppern hin. Phoebe ließ einen kurzen Kontakt zu, zog sich aber lieber wieder zurück. Johnny verkroch sich sofort so tief wie möglich in seinen Korb.

Nach einer Stunde musste ich das Gehege verlassen. Die Besuchszeit war um. Pepper hatte mein Herz im Sturm erobert. Ich bin heute davon überzeugt, dass er mich damals ausgewählt hat.

Ich hatte erst in zwei Monaten Urlaub und wollte vorher keine Katzen aufnehmen, damit ich in den ersten Tagen viel Zeit für sie hätte. Die Tierheim-Mitarbeiterin bot mir an, Phoebe und Pepper für mich zu reservieren.

So fuhr ich in den nächsten beiden Monaten an jedem freien Tag ins Tierheim, um meine Lieblinge zu besuchen. Es dauerte nicht lange, bis auch Phoebe seine Scheu ablegte. Ich kuschelte, streichelte und redete jede Woche mit den beiden.

Ich sprach auch mit Johnny, aber ich bedrängte ihn nicht. Er tat mir wahnsinnig leid und ich machte mir viele Gedanken über ihn. Wenn ich im Oktober Phoebe und Pepper abholen würde, bliebe er ganz allein in diesem Gehege zurück. Er hatte sein Frauchen und sein Zuhause verloren. Niemand wollte ihn. Mit der Zeit taute er auf, schnupperte, ließ sich vorsichtig streicheln. Er kam nie ganz raus aus seinem Körbchen, aber zumindest bis an den Rand, hielt sein Köpfchen heraus und ließ sich laut schnurrend kraulen.

Ich nutzte die Zeit ohne Katzen, um für sie alles Nötige einzukaufen: Katzenklo, Transportkorb, Futternäpfe …

Als mein Urlaub nahte, wurde ich sehr aufgeregt. Meine Katzen würden bald einziehen! Was würde mich erwarten? Und was sollte ich nur mit Johnny machen? War meine Wohnung für drei Katzen nicht zu klein?

Als ich endlich zum verabredeten Termin im Tierheim ankam, hatte ich noch immer keine Entscheidung getroffen, aber ich fragte als Erstes: „Was wird aus Johnny?" „Oh, das tut mir leid, wollten Sie ihn auch? Er ist inzwischen vermittelt und wird morgen von einem netten Herrn abgeholt, der Gesellschaft für seine zweite Katze sucht, die ihren Kumpel verloren hat."

Gott sei Dank! durchfuhr es mich. Denn, egal, wie unvernünftig es gewesen wäre, ich hätte ihn nicht zurückgelassen. Noch heute denke ich manchmal an ihn, und ich hoffe, er hat es gut getroffen.

So packte mir die Tierheim-Mitarbeiterin meine beiden in den Transportkorb und übergab sie mir zusammen mit dem Papierkram. Wir traten die Heimreise an.

Phoebe und Pepper ziehen ein

Zu Hause angekommen stellte ich den Transportkorb ab und öffnete ihn. Es dauerte nicht allzu lange, bis sich beide auf Erkundungstour begaben. In geduckter Haltung, den Bauch knapp über dem Boden, huschten sie durch die Wohnung und erforschten ihr neues Revier.

Sie waren sichtlich aufgeregt und bewegten sich nah an den Wänden und Möbeln entlang, sicherten sich damit immer zu einer Seite ab und versteckten sich immer wieder. Es dauerte nicht lange, bis die zwei den Bettkasten des Schlafsofas als ideales Versteck ausmachten. In den kommenden Jahren sollten in diesem Bettkasten immer ein paar Kissen und Decken für sie bereitliegen.

Sie fraßen an diesem Tag nicht allzu viel – dafür war wohl alles zu aufregend.

Am Abend ging ich ins Bett. Das Schlafzimmer hatte ich beschlossen, zur Tabu-Zone zu erklären, denn ich hatte seit jeher einen leichten Schlaf und fürchtete, sie würden mich wecken. Wie sich herausstellte, war das für die ersten Jahre eine gute Entscheidung, denn sie tobten nachts mit Vorliebe in wilder Verfolgungsjagd durch die Wohnung.

In der ersten Nacht hörte ich nichts von meinen neuen Mitbewohnern. Als ich am Morgen aufwachte, galt mein erster Gedanke den Katzen – wie mochten sie wohl ihre erste Nacht im neuen Zuhause erlebt haben? Ich stand auf und öffnete die Schlafzimmertür. Nichts zu hören. Nichts zu sehen. Ich ging ins Wohnzimmer und in die Küche. Nichts. Kein Mucks …

Also erst mal ins Bad und anziehen. Als ich fertig war, ging ich in die Küche, um Frühstück herzurichten. Als Erstes füllte ich die Futternäpfe – und siehe da: Ich hatte das mit den beiden neuen Katzen wohl doch nicht geträumt. Schüchtern und mit großen Augen standen sie hinter mir und sahen mich an. Mein Herz schmolz.

Wir gewöhnten uns recht schnell aneinander. Beide Katzen liebten es, mit mir Mäuschen oder Feder-Angel zu spielen. Abends wurde auf dem Sofa gekuschelt. Ein Kater links, einer rechts von mir.

Ich gewöhnte mich so schnell an ihre Gesellschaft, dass ich gar nicht mehr wusste, wie es ohne sie gewesen war. Sie wurden selbstverständlich in meinem Leben.

Tierarztgeschichten, die Erste

Bereits nach zwei Tagen begann ich, mich um Pepper zu sorgen. Es ging ihm augenscheinlich nicht gut. Er fraß kaum und erbrach. Besorgt rief ich im Tierheim an – dort bat man mich, gleich vorbeizukommen. Der Tierheim-Arzt würde sich Pepper anschauen. Dabei kam nicht viel raus, außer dass das Tierheim beide Katzen vor dem Abholen noch mit einem Spot-on-Mittel entwurmt habe und es sich um eine mögliche Unverträglichkeitsreaktion handeln könne. Noch immer besorgt ging ich mit Pepper nach Hause.

Ich hatte gelesen, dass Katzen, die krank sind, sich oft nicht putzen und sich damit nicht wohlfühlen. Das entsprechende Buch riet, die kranke Katze ganz sachte mit einem angefeuchteten Tuch in Fellrichtung zu streichen, nur mit einem Finger, der ungefähr so groß sei wie die Katzenzunge. Ich tat das –sachte und liebevoll – und Pepper schien tatsächlich dankbar. Er schnurrte leise und sah mich mit einem unglaublich tiefen Blick an. Noch heute erinnere ich mich an ein Gefühl überbordender Liebe, als ich diesen Blick sah. Ich glaube, unser Band wurde in diesen Tagen enorm gestärkt.

Am Samstag ging es Pepper sehr schlecht. Er lag teilnahmslos und apathisch auf dem Sofa, wollte weder kuscheln noch fressen. Ich hatte ihn seit wenigen Tagen und merkte: Es ist völlig egal, wie lange man so ein Tier hat. Auch nach dieser kurzen Zeit hat man bereits Angst, es zu verlieren. Ich begriff, wie naiv meine Vorstellung gewesen war, bei einem älteren Tier wäre der Abschied, falls es stirbt, nicht so schlimm. Vom ersten Tag an wäre es schlimm gewesen!

Was nun? Pepper war krank und wir hatten Samstag. Ich nahm mir die gelben Seiten vor und begann, zu telefonieren. Glücklicherweise stieß ich auf eine Praxis, die regulär Samstag vormittags geöffnet hatte. Es war eine offene Sprechstunde mit Wartezeit, aber das war mir egal.

Zum ersten Mal also musste ich Pepper allein in die Transportbox packen und mit ihm zum Tierarzt fahren. Ich hatte Angst, was da auf mich zukäme.

Mit den Katzen wollte ich wohl auch ein wenig die Einsamkeit vertreiben, die ich allein, ohne Partner und Familie, verspürte. Aber als ich da so im Wartezimmer saß mit diesem kleinen Häuflein Elend angstvoll zusammengekauert im Transportkorb, da stellte ich fest, dass ich mich niemals im Leben einsamer gefühlt hatte. Ich wünschte mir jemanden, der mich in den Arm nimmt und mir sagt: „Alles wird gut …"

Der Tierarzt war sehr freundlich und behandelte Pepper sanft. Nach der ersten Untersuchung vermutete er einen Darmverschluss oder eine Darmeinstülpung. Pepper bekam eine leichte Narkose und ein Kontrastmittel. Dann hieß es: Röntgenstudie. In den nächsten zwei Stunden sollten mehrere Röntgenbilder gemacht werden, um jeweils den Teil des Darms sehen zu können, in dem sich das Kontrastmittel gerade befand.

Ich war damals Jungbuchhändlerin mit der ersten eigenen Wohnung, die einen Großteil meines Gehaltes verschlang. Ich hatte den Faktor Tierarztkosten völlig unterschätzt und wusste nicht, wie ich das bezahlen sollte, aber gemacht werden sollte es auf jeden Fall. Alles hätte ich getan, um Pepper zu helfen.

Der Tierarzt half mir. Ich sollte in späteren Jahren oft von anderen hören, diese Praxis sei teuer. Das stimmte sogar – sie waren etwas teurer als andere Tierärzte, aber sie waren auch hilfsbereit und hatten ein gutes Herz. Als der Tierarzt merkte, dass ich ein Geldproblem hatte, bot er mir an, ich müsse nur zwei Röntgenbilder bezahlen – er machte insgesamt sechs. Ich war unendlich dankbar! Auch diese Rechnung überstieg mein Budget, aber dann würde ich halt den Rest des Monats Nudeln oder Kartoffeln essen, um Geld zu sparen. Tatsächlich tat ich das oft in den ersten Jahren, als ich noch so wenig verdiente.

Die Röntgenstudie ergab tatsächlich eine Darmeinstülpung – möglicherweise durch das Spot on aus dem Tierheim verursacht. Es gab zwei Möglichkeiten: entweder eine Operation oder erst mal hoffen, dass es sich von selbst richten würde, wenn wir den Darm ein wenig „schmieren" würden. Dazu sollte ich Pepper mehrmals täglich kleine Portionen Kontrastmittel mit der Spritze ins Mäulchen eingeben. Dieses Kontrastmittel wirkte u.a. wie ein Schmiermittel und sollte – hoffentlich – die Einstülpung lösen. Ich sollte es bis zum nächsten Tag versuchen und zur Kontrolle in den Sonntagsnotdienst kommen.

Gesagt, getan. Die nächsten 24 Stunden waren nervenaufreibend. Pepper wollte das Kontrastmittel nicht! Und ich konnte ihn nicht festhalten; er entwand sich dermaßen geschickt meinen Griffen – ich verzweifelte. Was hatte der Tierarzt geraten? Ein Handtuch!

Also versuchte ich, Pepper in ein Handtuch einzuwickeln, um ihn besser halten zu können. Er entwand sich jedoch abermals. Ein größeres Tuch musste her. Ich nahm also ein großes Badetuch und wickelte ihn wieder und wieder ein, bis ich einen runden Frotteeball mit einem vorwurfsvoll herausschauenden Köpfchen in der Hand hatte. So ging es: Spritze ins Mäulchen und langsam die Paste reindrücken. Pepper verzog angewidert das Gesicht, schmatzte und spritze mich mit der weißen Paste voll. Na prima, das sollte ich jetzt alle zwei Stunden wiederholen!

Pepper legte sich erschöpft schlafen, ich zog mich erst mal um. Das mit dem Umziehen gab ich nach weiteren Auseinandersetzungen auf. Den Rest des Tages trug ich einen alten Schlafanzug, der sich gut waschen ließ. Nach jeder unserer Prozeduren war dieser Schlafanzug mit weiteren weißen Kontrastmittel-Spritzern versehen.

Am Abend klingelte eine Nachbarin. Als ich öffnete, musterte sie meinen Aufzug, zog die Augenbrauen hoch und fragte: „Weißeln Sie?" Ich weiß nicht mehr, was diese Nachbarin damals eigentlich wollte, als sie klingelte, aber diesen Ausspruch werde ich nie vergessen!

Am nächsten Tag hatte ich bereits den Eindruck, dass es Pepper besser ging. Wir gingen zur verabredeten Zeit zum Tierarzt; die Praxis war sonntags leer – wir konnten direkt rein. Da Pepper bis obenhin mit Kontrastmittel voll war, reichte diesmal ein Röntgenbild. Und siehe da – die Einstülpung hatte sich tatsächlich gelöst! Entwarnung. Mir polterte ein Riesenstein vom Herzen. Erst als Pepper wohlbehalten zurück zu Hause war und endlich wieder mit Appetit fraß, atmete ich auf. Dieses Erlebnis hatte mir klar gemacht, wie sehr ich bereits nach einer Woche an diesen beiden kleinen Wesen hing!

Pepper – meine kleine Pissnelke

Es begann damit, dass ich nichts herumliegen lassen durfte: lose Teppiche, Handtücher, Klamotten. Lag etwas auf dem Boden oder auf dem Sofa, scharrte Pepper daran und pinkelte schließlich drauf. Er benutzte aber auch durchaus das Katzenklo.

Bis heute bin ich nicht vollständig dahintergekommen, warum er das tat. Einen medizinischen Grund gab es nicht- das ließ ich abklären.

Ich hatte Kontakt mit der Vorbesitzerin aufgenommen. Nicole berichtete mir, das habe er auch schon bei ihr gemacht, sich dabei aber auf Kleidung und Handtücher ihres Partners fokussiert. Er hatte sie als Bezugsperson gewählt und war eifersüchtig, dass auch der Partner ihre Aufmerksamkeit bekam. Er pinkelte sogar auf dessen Bettseite – nie aber auf ihre.

Mein Tierarzt war es, der mich auf die Idee brachte, es könnte etwas mit seinem Bruder zu tun haben. Phoebe und er verstanden sich gut, aber nach dem Wechsel aus dem Tierheim – so seine Theorie – könnte es zu einer gewissen Rivalität gekommen sein, da Pepper so auf mich fixiert war.

Tatsächlich beobachtete ich Situationen, in denen er dazwischenging, wenn ich mit Phoebe schmuste. Ja, er biss seinen Bruder sogar manchmal, wenn dieser auf meinem Schoß lag. Phoebe, obwohl größer und stärker, war sehr introvertiert und zog sich sofort zurück, wenn Pepper seinen Anspruch deutlich machte.

Wieder einmal bat ich im Tierheim um Rat. Dort empfahl man mir eine bestimmte Apotheke, die sehr gut zum Thema Bachblüten für Katzen berate. Der Tierarzt empfahl mir außerdem entspannende Pheromon-Stecker, um eine heimelige Atmosphäre zu schaffen, und unangenehme Gerüche aus der Wohnung zu entfernen, damit die Pheromone ihre Wirkung voll entfalten könnten.

Denn ich hatte einen kapitalen Fehler gemacht: Aus Angst, die Katzen könnten an irgendwelchen Kabeln knabbern und sich verletzen, kam ich auf die Idee, die Kabel mit Zitrusduft einzusprühen. Da Katzen diesen Geruch nicht mögen, so mein Gedanke, würden sie die Kabel meiden.

Das taten sie, aber vermutlich förderte ich durch diesen unangenehmen Geruch, der für die Katzen überall präsent war, Aggressionen. Im Zusammenspiel mit Peppers seit jeher vorhandener Eifersucht führte das dazu, dass er Phoebe drangsalierte und ... pinkelte. Tatsächlich waren neben allem, was auf dem Boden lag, vor allem auch Phoebes Lieblingsplätze Ziel seiner Unsauberkeit.

Also wurden zunächst alle Kabel gründlich gereinigt, um den Zitrusduft zu entfernen. Anschließend wurde die Wohnung mit Pheromon-Steckern ausgestattet und ich ließ mich über Bachblüten beraten. Phoebe bekam welche, die sein Selbstvertrauen aufbauen sollten. Pepper bekam welche, die seine Eifersucht reduzieren sollten. Ich ließ mir die passenden Mischungen in der Apotheke zusammenstellen und gab sie – so es eben ging – mit Leckerlis.

Was am Ende tatsächlich half, weiß ich nicht, aber die Eifersucht ließ nach. Sie ging wohl nie ganz weg. Pepper betrachtete mich einfach immer als seinen persönlichen Besitz, aber er drangsalierte Phoebe nicht mehr. Fortan hatten die beiden eine wunderbare Beziehung zueinander. Sie kuschelten miteinander, putzten sich gegenseitig und, ja, ab und an prügelten sie sich auch mal – Brüder eben.

Phoebes Lieblingsplätze blieben fortan verschont, aber Handtücher oder Klamotten durften weiterhin nicht herumliegen. Was das anging, fand ich den Grund nie heraus, aber das tat er bis ins hohe Alter. Erst in den letzten Jahren wurde diese Marotte immer seltener, bis er es schließlich ganz einstellte.

Mein erstes Jahr als Katzenmama

In den ersten Wochen mit Phoebe und Pepper war ich vollkommen überfordert und manchmal am Rande der Verzweiflung.

Gleich nach wenigen Tagen wurde Pepper schwer krank; ich sorgte mich unentwegt. Meine Mutter wurde damals operiert, und ich konnte sie nicht im Krankenhaus besuchen, weil ich Angst hatte, Pepper so lange allein zu lassen. Zum Glück hatte ich noch Urlaub. Mir kam der furchtbare Gedanke, was ich nur täte, wenn so etwas passierte, während ich regulär arbeiten musste.

Bereits eine Woche nach ihrer Ankunft hatte ich die erste hohe Tierarztrechnung- innerhalb eines Jahres war ich verschuldet

Ich litt lange Zeit unter Schlafmangel, weil meine beiden Tiger mich morgens mit lautem Maunzen und Kratzen an der Tür weckten.

Pepper entpuppte sich alsbald als unsauber und war eifersüchtig auf seinen Bruder. Da hatte ich extra zwei Katzen ausgesucht, die sich bereits kannten, um genau solche Rivalitäten zu verhindern – und sah mich jetzt doch damit konfrontiert.

Dieses erste Jahr forderte mich: Sorgen, Schlafmangel, hohe Kosten bis hin zu meinem ersten Kredit …

Selbst so ein nebensächliches Thema wie Katzenhaare hatte ich unterschätzt. Sie waren überall! So etwas hatte ich vorher nicht gekannt.

Ich gebe es zu: In den ersten Wochen dachte ich ein paarmal ernsthaft darüber nach, einen Rückzieher zu machen; die beiden zurück ins Tierheim zu bringen. Schon bei dem Gedanken bekam ich ein schlechtes Gewissen. Ich liebte die zwei, und ich fühlte mich verantwortlich, aber ich war schlicht überfordert und hatte nicht gewusst, worauf ich mich einließ. Ich fühlte mich, wie schon bei meinem ersten Tierarztbesuch, einsamer denn je. Allein mit all den Sorgen und Zukunftsängsten.

Später sagte ich einmal: „Hätte ich wirklich gewusst – in all seiner Tragweite – worauf ich mich einlasse, hätte ich mir keine Katzen angeschafft." Aber hinterher war ich so froh, dass ich es getan hatte!

Weihnachten zu Hause

2004 verbrachte ich mein erstes Weihnachten nach meinem Auszug aus dem Elternhaus und mein erstes Weihnachten mit Phoebe und Pepper.

Ich wollte zu meinen Eltern nach Hause fahren und dort die Feiertage verbringen, doch da gab es viel zu beachten: das Katzenklo mitnehmen, genug Futter einpacken, noch mal mit der Transportbox üben.

Ich sollte es nie schaffen, Pepper die Angst vorm Autofahren zu nehmen. Die Box war okay, aber sobald ich ihn ins Auto brachte, schlug er Alarm. Pepper konnte darin regelrecht toben. Zum Glück hatte Phoebe eine ausgleichende Wirkung auf ihn. Zusammen überstanden sie die Fahrt nach Hause.

Ein weiteres Problem ergab sich daraus, dass Phoebe und Pepper es gewohnt waren, auf den Balkon zu gehen. Bei meinen Eltern war der Balkon nicht gesichert und lag zudem im vierten Stock. Das war mir zu gefährlich. Also kam ich auf die grandiose Idee, zwei Katzengeschirre mitsamt Leine zu kaufen.

Ein paar Wochen vor Weihnachten begannen wir, damit zu üben. Ganz langsam, Schritt für Schritt. Zuerst legte ich das Geschirr nur auf den Rücken und belohnte sofort mit Leckerlis. Dann wurden nacheinander die beiden Riemen geschlossen – Leckerlis …

Phoebe arrangierte sich schnell damit: *Es gibt Leckerlis! Okay, her damit. Geschirr? Was für ein Geschirr? Ich seh nur Leckerlis.* Aber Pepper hasste das Teil! Er robbte sich bäuchlings auf dem Boden und versuchte, es abzustreifen. Es kostete viel Geduld, Ablenkung und Leckerlis, bis er es widerwillig akzeptierte.

Anschließend kam die Leine dazu. Wieder reagierten sie vollkommen gegensätzlich: Wenn Phoebe in eine Richtung wollte und die Leine stoppte, schaute er verwirrt, überlegte kurz und ging dann in die andere Richtung. Hielt die Leine Pepper auf, legte er sich entweder auf den Boden und streikte oder er tobte dagegen! Auch das wurde besser, aber es war abzusehen, dass Pepper kein Freund der Sache werden würde. Phoebe war da total entspannt. Ich glaube, ihn hätte ich an der Leine draußen ausführen können.

Weihnachten kam und ich packte die beiden in die Transportbox. Eine Stunde Autofahrt mit Dauermaunzen! Es war anstrengend. Phoebe hatte beim Autofahren die Angewohnheit, sich hinzulegen und zu beobachten. Man sah ihm durchaus an, dass er sich dabei nicht wohlfühlte, aber er sparte seine Kräfte und ergab sich dem Schicksal. Pepper maunzte hingegen protestierend! Die gesamte Fahrt hindurch.

Selten war ich glücklicher, an meinem Ziel anzukommen. Bei meinen Eltern lud ich schnell alles aus, brachte die Katzen hoch in die Wohnung in mein altes Zimmer und öffnete den Transportkorb. Vorsichtig und geduckt, wie ich es bereits von ihrem Einzug bei mir kannte, erkundeten sie das Zimmer. Später am Abend durften sie mit rüber ins Wohnzimmer.

Was war der Weihnachtsbaum spannend! Meine Mutter hatte ihn in diesem Jahr auf einen Hocker gestellt, weil er kleiner als sonst ausgefallen war. Über den Hocker hatte sie eine Weihnachtsdecke gebreitet, die bis zum Boden herabhing. Die perfekte Katzenhöhle! Phoebe und Pepper spielten ausgelassen und jagten sich gegenseitig in die Höhle, aus der Höhle heraus und quer durchs Zimmer. Jedes Mal wackelte der Weihnachtsbaum bedrohlich, aber alles hielt bis zum Schluss.

Am nächsten Tag unternahm ich mit den beiden Katern einen Ausflug mit Leine auf den Balkon. Es wurde zum Desaster. Angespannt ob der neuen Umgebung erschraken sie vor irgendetwas und wollten fliehen. Phoebe lief in eine Richtung, Pepper in die andere – ich dazwischen mit beiden Leinen in der Hand. Phoebe blieb stehen, als die Leine zu Ende war, Pepper geriet in Panik. Also Katzen geschnappt und schnell zurück in die Wohnung. Ich beschloss, das Projekt Leine aufzugeben. Pepper hatte mir nun wirklich deutlich genug gezeigt, was er davon hielt. Für den Rest der Weihnachtstage mussten die beiden drinbleiben.

An diesen Weihnachtsfeiertagen schlief ich das erste Mal mit Phoebe und Pepper zusammen in einem Zimmer. Es war so schön! Als ich morgens aufwachte, fühlte sich meine Stirn feucht an. Ich fasste hin und entdeckte, dass meine Haare ganz feucht waren. Ein Blick nach oben zeigt mir, was passiert war: Phoebe lag über mir auf dem Kissen, bäuchlings regelrecht um meinen Kopf gewickelt, und putzte hingebungsvoll meinen Haaransatz! Als ich das entdeckte, ging mein Herz auf. Phoebe putzte mich!

Katzen erziehen ...

Ich habe es versucht. Wirklich!

Als Buchhändlerin saß ich an der Quelle, sammelte unzählige Katzenbücher und ich probierte alle Tricks aus diesen Büchern aus. Am Ende gab ich mehr oder weniger auf. Als Pepper schließlich alt war, durfte er nahezu alles. Da machte er aber auch nicht mehr so viel Blödsinn.

Aber in jungen Jahren wollte ich meine Katzen noch erziehen. Eine Zeit lang funktionierte das sogar. Beide Katzen akzeptierten die Grenze zum Schlafzimmer. Na ja, bis Felix einzog, aber diese Geschichte erzähle ich später.

Ein weiteres großes Thema für mich war, ihnen abzugewöhnen, auf Küchenanrichte oder Esstisch zu springen. Da ich eine offene Wohnung hatte, konnte ich ihnen den Zugang zur Küche nicht verwehren. Zunächst versuchte ich es damit, sie mit Wasser zu bespritzen, wenn sie hochsprangen. Damals las man solche Tipps noch in jedem Katzenratgeber. Heute wird meist davon abgeraten, weil es das Vertrauensverhältnis empfindlich beschädigen kann. Schließlich ist es fast nicht möglich, das zu bewerkstelligen, ohne dass die Katze merkt, wer für das kalte Nass verantwortlich ist. Heute würde ich daher nicht mehr mit solchen Methoden arbeiten.

Als das nicht half, ging ich zu einem etwas gemeinen, aber effektiven Trick über: Ich klebte doppelseitiges Klebeband auf Tisch und Küchenanrichte. Sobald eine Katze hochsprang, klebten die Pfoten unangenehm und sie sprangen sofort wieder runter. Da ich nicht dabei war, wurde es – hoffentlich – nicht mit mir in Verbindung gebracht. Auch das würde ich heute nicht mehr machen, weil es doch etwas gemein ist. Und auch etwas unpraktisch, wenn man kochen will...

Damals hat es funktioniert und sie sprangen jahrelang nicht mehr hoch. Erst in seinen Seniorenjahren experimentierte Pepper wieder damit, aber da hatte er schon längst Narrenfreiheit und durfte auch auf den Tisch. Nur die Küchenanrichte blieb tabu – aus Sicherheitsgründen. Ich wollte nicht, dass er auf eine heiße Herdplatte sprang.

Ansonsten wurde ich immer gleichmütiger. Er machte ja auch kaum noch Blödsinn. So sollte er seine letzte Zeit einfach unbeschwert genießen.

Eine neue Katze würde ich heute allerdings von Anfang an sehr viel konsequenter erziehen. Inzwischen habe ich vieles dazugelernt, was ich damals leider noch nicht wusste. Man lernt im Leben nie aus…

In Peppers Fall muss ich wohl sagen: *Er* hat *mich* hervorragend erzogen. Hat er gut gemacht, der kleine Kater.

Brüder

Phoebe und Pepper waren Wurfbrüder. Als ich sie im Tierheim kennenlernte, erfuhr ich, dass sie abgegeben wurden, weil die Besitzerin umgezogen war und in der neuen Wohnung keine Katzen halten durfte. Diese hatte sie ein Jahr zuvor ebenfalls aus einem Tierheim adoptiert. In ihrem ersten Lebensjahr lernten sie also bereits zwei Tierheime kennen.

Mit der vorherigen Halterin Nicole hatte ich noch einige Zeit lang Kontakt, bis diese nach Kanada auswanderte und sich der Kontakt verlor. Sie erzählte mir, die beiden Brüder seien im Alter von gerade mal sechs Wochen in einem Pappkarton vor dem Tierheim ausgesetzt worden. Viel zu früh wurden sie von ihrer Mutter getrennt. Das erklärt, warum Pepper sich so stark auf eine Bezugsperson fixierte. Viele Jahre später erklärte mir eine Tierpsychologin, dass Katzen, die zu früh von der Mutter getrennt werden, das oft tun. Ich glaube, Pepper hätte mich am liebsten 24/7 an seiner Seite gehabt. So schön das einerseits war, so anstrengend war es auch. Ich hatte immer ein schlechtes Gewissen, wenn ich mal länger außer Haus war.

Charakterlich waren Phoebe und Pepper grundverschieden: Beide waren zwar eher scheu und zurückhaltend. Aber Phoebe war deutlich zutraulicher Fremden gegenüber- Pepper versteckte sich bei Besuch sofort unter dem Sofa- und hatte prinzipiell etwas mehr Mut. Nicole hatte eine Zeit lang versucht, die beiden rauszulassen. Das Resultat war: Phoebe ging zweimal vor die Tür, wo er sich an der Hauswand hinter den Mülltonnen versteckte. Und Pepper setzte keine Pfote vor die Tür, sondern nutzte die Gelegenheit lieber, seinen Menschen für sich allein zu haben, um innig zu schmusen.

Dennoch hatte ich im Laufe der Jahre manchmal das Gefühl, aus Phoebe hätte durchaus mit etwas Geduld ein Freigänger werden können. Bei Pepper- keine Chance. Nicht nur war er zu ängstlich und schreckhaft. Er war vor allem nicht sehr umsichtig, konnte im genau falschen Moment plötzlich draufgängerisch werden, und hätte vermutlich draußen nicht lange überlebt...

Als Kätzchen hatten beide Kater Katzenschnupfen, den Phoebe leider verschleppte und, neben häufigen Bindehautentzündungen, chronische Probleme mit den Atemwegen zurückbehielt. Er schnarchte, und manchmal atmete er etwas schwer und leise pfeifend. Ich nannte ihn liebevoll meinen „kleinen Schnaufebär".

Wir entwickelten bald eine ungeliebte Routine im Augentropfen verabreichen. Phoebe hasste es. Und in dieser Situation konnte er ungemein beweglich und sportlich werden. Es gab zwei Möglichkeiten, ihm die Augentropfen zu verabreichen. Entweder wickelte ich ihn fest in ein großes Handtuch ein und klemmte ihn mir zwischen die Knie, um dann beide Hände frei zu haben für die Augentropfen. Oder ich arbeitete mit dem Überraschungseffekt. Ich saß neben ihm, die Augentropfen in einer Hand gut versteckt, und streichelte ihn, bis er ganz entspannt war und nichts Böses ahnte. Dann hielt ich mit der streichelnden Hand das Augenlid offen und tropfte blitzschnell mit der anderen Hand die Augentropfen ins Auge. Das funktionierte nur manchmal...

Glücklicherweise sind Katzen – zumindest war das bei uns so- nie lange nachtragend und verzeihen eigentlich immer. Das Ganze hat unsere Beziehung also nicht nachhaltig beeinträchtigt.

Zu Beginn hatten wir, wie eingangs erwähnt, einige Probleme mit Peppers Eifersucht. Dennoch liebten die beiden Brüder sich wirklich. Sie schmusten viel und intensiv miteinander, putzten sich gegenseitig, spielten miteinander. Ja, manchmal jagten und prügelten sie sich auch – ab und an flogen dann sogar kleine Fellbüschel ... Aber sie waren im Allgemeinen sehr innig. Und nachdem wir das Eifersuchtsproblem erst mal im Griff hatten, konnte ich auch wieder mit beiden gleichzeitig kuscheln. Meist lag Phoebe auf meinem Schoß und Pepper auf meiner Schulter. Jeder eine Hand zum Kraulen – man sagt wohl nicht umsonst: „Halte nie mehr Katzen als du Hände zum

Streicheln hast." Na, zum Glück wurde Johnny damals noch rechtzeitig vermittelt!

Dass die beiden Brüder nicht ohneeinander sein konnten, erkannte ich spätestens, als sie einmal über Nacht zur Beobachtung beim Tierarzt bleiben mussten. Mit beiden musste ich das mal durchmachen. Ich weiß gar nicht mehr, was sie damals hatten, aber als Pepper über Nacht in der Praxis war, hielt Phoebe mich die ganze Nacht wach und suchte unruhig maunzend die Wohnung nach seinem Bruder ab. Er verstand nicht, warum Pepper nicht mit mir nach Hause gekommen war. Als ich ihn schließlich am nächsten Tag zurückholte, wurde er von Phoebe ausgiebig beschnuppert und untersucht und nach ein paar Minuten war alles wieder beim Alten.

Als Jahre später Phoebe über Nacht bleiben musste, verhielt Pepper sich genauso: Beide vermissten einander.

Übrigens: Phoebes Atem- und Augenprobleme bekamen wir am Ende tatsächlich mit Hilfe einer Tierheilpraktikerin in den Griff. Sie empfahl mir mehrere pflanzliche Mittel für ihn, die sehr gut anschlugen. Die Behandlung dauerte zwar ein paar Wochen, aber am Ende verschwand das Pfeifen und Phoebe bekam danach auch keine Bindehautentzündungen mehr.

Felix

Phoebe und Pepper waren etwa vier Jahre bei mir, als ich meinen langjährigen Lebenspartner kennenlernte. Felix war Berufsschullehrer und lebte etwa 65 km entfernt. Wir führten elf Jahre lang eine mal mehr, mal weniger glückliche Fernbeziehung.

Aus Nicoles Erzählungen wusste ich, dass Pepper bei ihr damals sehr eifersüchtig auf den Partner reagiert hatte. Seine Eifersucht gegenüber Phoebe hatte ich inzwischen gut im Griff, aber ich machte mir große Sorgen, wie er reagieren würde, wenn er mit jemand Neues konfrontiert würde, der einen Teil meiner Aufmerksamkeit bekäme. Ich sprach mit Felix über meine Bedenken, bevor er zum ersten Mal in die Wohnung kam, und er reagierte sehr verständnisvoll und bemüht. Ich wies ihn an, Pepper von Anfang an viel Aufmerksamkeit zu zollen, falls dieser das wolle.

Wie bei Besuch üblich versteckte Pepper sich erst mal, aber er schien schnell zu merken, dass es mit diesem Besucher etwas Besonderes auf sich hatte, denn obwohl er nicht zum Schmusen kam, zeigte er sich doch bereits beim ersten Besuch.

Felix hatte seinen Pullover abgelegt, da es zu warm dafür war. Er hing über der Stuhllehne. Irgendwann kam Pepper aus seinem Versteck und untersuchte mit Interesse den Pullover. Als er ihn mit den Krallen von der Stuhllehne herunterzog und daran kratzte, wollte ich dazwischengehen – ich sah ihn schon auf den teuren Pulli pinkeln –, aber Felix hielt mich auf und meinte: „Lass ihn. Ist nicht schlimm."

Tatsächlich pinkelte Pepper nicht, sondern legte sich auf den Pulli und machte es sich gemütlich. Von diesem Platz aus beobachtete er uns. Felix tat das womöglich Beste, was er tun konnte: Er schenkte Pepper seinen Pullover und ging im T-Shirt nach Hause. So akzeptierte Pepper ihn von Anfang an und wir hatten nie ein Eifersuchtsproblem! Den Pulli legte ich in Peppers Lieblingskörbchen und entsorgte ihn viele Jahre später, nachdem er so voller Haare war, dass ich keine Chance mehr hatte, ihn sauber zu bekommen.

Felix erfand irgendwann das „Zu-Boden-Streicheln", welches beide Katzen, vor allem aber Pepper, liebten. Er streichelte sie dabei immer fester, bis sie laut schnurrend zu Boden gingen und sich mit den Krallen im Teppichboden einhakten, um nicht hin- und her zu rutschen. Wenn Felix mit diesem festen Streicheln begann, krabbelten sie so schnell wie möglich Richtung Teppich, um dort Halt zu finden. Sie lagen dann irgendwann bäuchlings auf dem Teppich, krallten sich fest und schnurrten laut und grunzend mit wohlig geschlossenen Augen vor sich hin. Felix streichelte mit beiden Händen fest den Rücken, bis die Katze genug hatte. Sie schüttelte sich dann, stand auf und trollte sich. Für einen Beobachter sah es etwas grob aus, aber die Katzen mochten es tatsächlich gern und zeigten immer deutlich, wenn es genug war.

Felix entwickelte augenscheinlich eine gute Beziehung zu meinen Katzen.

Klickertraining

Irgendwann wurde das Thema „Klickertraining für Katzen" modern und es erschienen zahllose Bücher zu dem Thema. Natürlich sprang ich sofort auf diesen Trend auf. Als Buchhändlerin wollte ich wissen, wovon ich sprach, also forderte ich einige Exemplare bei den Verlagen an und begann, mit Phoebe und Pepper zu üben.

Wir hatten unglaublich viel Spaß damit! Jedoch, eine Hürde mussten wir dabei überwinden, denn es ist nicht so einfach, mit zwei Katzen gleichzeitig zu üben. Schon gar nicht als blutiger Anfänger. Hinzu kommt, dass ich selbst ähnlich ungeduldig bin wie Pepper.

Ich probierte mehrere Taktiken aus. Erst übte ich mit beiden gleichzeitig. Bei den ersten, einfachen Übungen funktionierte das prächtig.

Pepper beobachtete erst mal. Das machte er immer so; selbst lernen war ihm zu blöd. Wenn er ausprobieren sollte, wurde er schnell ungeduldig und ungestüm, aber warten und beobachten – das konnte er. Also schaute er aufmerksam seinem Bruder zu, bis dieser eine Lösung gefunden hatte. Man konnte regelrecht die Zahnrädchen in seinem Kopf rattern hören, während er hochkonzentriert Phoebe beobachtete und sich die Lösungen abschaute.

Aus den meisten Leckerlis machte er sich nicht viel und sah gar nicht ein, dafür irgendetwas zu tun. Wenn ich allerdings seine geliebten Knabberstängchen auspackte, wurde er gleich so ungestüm, dass er sich nicht konzentrierte und mitmachte, sondern lieber versuchte, mir die Leckerlis mit der Pfote aus der Hand zu schlagen. Währenddessen war Phoebe bereit, buchstäblich alles für ein Leckerchen zu tun, und arbeitete hochkonzentriert mit.

Nachdem Pepper mehrfach Phoebes Trainingseinheiten durch seine ungestüme Art gestört hatte, versuchte ich, getrennt mit ihnen zu üben. Erst wollte ich eine Katze auf ihren Platz schicken, aber davon hielten sie gar nichts. Viel zu langweilig. Also sperrte ich einen

Kater aus der Küche aus, um mit dem anderen zu üben. Aber dann kratzte Pepper lieber an der Tür, statt mit mir zu üben.

Schließlich pendelte sich eine einigermaßen erfolgreiche Strategie aus sich schnell abwechselnden Trainingseinheiten ein. Keine der Katzen durfte zu lange warten, sonst wurden sie ungeduldig. Also immer abwechselnd eine Übung mit Phoebe, eine mit Pepper. Phoebe blieb dabei auch bald brav an seinem Platz. Pepper lernte diesen Teil hingegen nie. Sein Platz interessierte ihn nicht. Sein Platz war da, wo seine Knabberstängchen waren!

Irgendwie schafften wir es dennoch, einige Übungen zu trainieren: Ich begann mit dem Kommando „Sitz", gefolgt von „Mach Männchen". Schließlich begann ich mit Target Training, wobei die Katze mit der Nase ein Target berühren soll, ein deutlich erkennbares Ziel, mit dem man die Katze in die gewünschte Richtung manövrieren kann.

Damit konnte ich ihnen beibringen, in die Transportbox einzusteigen, durch einen Reifen hindurchzugehen – na ja, das Ziel war eigentlich springen, aber da hatte ich Phoebes Faulheit unterschätzt …

Irgendwann kam meine Lieblingsübung: „Gib mir Fünf". Mein Herz ging auf, wenn ein Kater mir seine Pfote in die hingehaltene Hand patschte.

Leider vernachlässigte ich später diese Übungen. Der Stress meiner Umschulung, als ich schließlich den Buchhandel verließ, machte mich so ungeduldig, dass ich nur noch selten Lust auf das Training mit den Katzen hatte. Ich bereue heute, nicht weitergemacht zu haben.

Als Phoebe schließlich starb, trainierte ich kaum noch, denn allein sah Pepper überhaupt keinen Sinn mehr in diesen Übungen. Allein lernte Pepper keine neuen Tricks mehr dazu. Es fehlte der Bruder zum Abschauen. Daher blieb es bei diesen wenigen Übungen, die wir zu dritt erarbeitet hatten.

Futtermanagement

Das Futtermanagement zweier so unterschiedlicher Katzen war manchmal nicht ganz einfach.

Während Phoebe ein stattlicher Kater mit einer sorgfältig gepflegten Wampe und riesigen Pranken war, war Pepper das genaue Gegenteil: langbeinig und schlank bis dünn, mit zierlichen Pfoten und einem feinen schmalen Gesicht.

Pepper fraß langsam und war wählerisch. Sein Geschmack änderte sich ständig, und wenn ihm sein Futter nicht gefiel, konnte er hartnäckig hungern. Phoebe hingegen inhalierte das Futter regelrecht und schob mit seinem großen Kopf seinen Bruder beiseite, um auch dessen Napf zu leeren. Ich nannte ihn liebevoll „Fressmaschine".

Im Tierheim hatte er mit dieser Taktik offenbar viel Erfolg gehabt, denn als ich die beiden adoptierte, wog Phoebe fast doppelt so viel wie Pepper. Das durfte so nicht weitergehen. Ich brauchte eine Lösung.

Zu Beginn versuchte ich, die beiden bei jeder Mahlzeit zu beaufsichtigen. Ich saß zwischen ihnen auf dem Boden und hielt Phoebe davon ab, an Peppers Napf zu gehen. Pepper war dennoch so gestresst von Phoebes Anwesenheit, dass er nicht richtig fressen wollte.

Also der nächste Versuch: getrennte Fütterung. Ich sperrte Phoebe mit seinem Napf ins Bad und Pepper mit seinem in die Küche. Für Phoebe kein Problem, aber mein kleines Sensibelchen war so verstört von dieser Praktik, dass er abermals nicht fressen wollte. Die verschlossene Tür irritierte ihn und er mauzte nervös die Tür an- das Futter ließ er stehen...

Als ich die beiden für unser erstes Weihnachten in meinem Elternhaus an Geschirr und Leine gewöhnte, kam ich auf die Idee, Phoebe bei der Fütterung anzubinden. Vor jeder Fütterung zog ich ihm das Geschirr an, band ihn an der Heizung fest und stellte Peppers Napf außer Reichweite auf. Tatsächlich funktionierte das ein paarmal gut.

Jedoch war Pepper wieder so abgelenkt und verstört, sobald er registrierte, wie Phoebe versuchte, ihn zu erreichen, dass er nicht richtig fraß.

Eines Tages kam die Lösung in Form eines neuen Futterautomaten, von dem ich in einer Zeitschrift las: Eine Klappe verschließt den Napf und öffnet sich chipgesteuert. Der Napf wird auf den Mikrochip der Katze programmiert und öffnet sich nur für diese Katze.

Phoebe und Pepper waren noch nicht gechippt. Da sie Wohnungskatzen waren, war bisher niemand auf diese Idee gekommen. Also musste ich als Erstes mit den beiden Fellnasen zum Tierarzt, um ihnen einen Chip setzen zu lassen. Das hätte ich schon viel früher tun sollen und empfehle es heute jedem Katzenhalter. Auch eine Wohnungskatze kann mal entwischen, dann ist ein registrierter Chip Gold wert.

Also bestellte ich zwei Futterautomaten und programmierte sie jeweils auf einen der beiden Mikrochips. Jeder Kater hatte nun seinen eigenen Automaten nur für sich. Als Nächstes gewöhnte ich die Beiden Schritt für Schritt an die Automaten. Da es um Futter ging, lernte Phoebe unglaublich schnell, und Pepper lernte, wie üblich, durch Zuschauen.

Sobald Phoebe seinen Bruder von dessen Napf verdrängte, um sein Futter zu stehlen, musste er enttäuscht feststellen, dass die Klappe sich über dem Napf schloss. Nach einer Weile gab er es frustriert auf und von da an fraß Pepper auch endlich entspannt. Nachdem beide sich an das System gewöhnt hatten, konnte ich bequem jedem seine abgewogene Ration einfüllen. Und als später gesundheitliche Probleme dazu kamen und wir verschiedene Diätfutter brauchten, funktionierte auch das dank der Automaten hervorragend.

Dennoch blieb das Thema Füttern ein Dauerthema. Phoebe speckte mit seinem Futterautomaten und einem strengen Sportprogramm ganz gut ab, ein wenig moppelig blieb er aber. Damit war ich zufrieden. Pepper konnte endlich entspannt essen, mochte aber nicht alles und brachte mich damit manchmal zur Verzweiflung. Ich musste mich also weiterhin bemühen, Peppers Gewicht zumindest stabil zu halten.

Pepper und das liebe Essen 1

Pepper war mäkelig. Er war zeit seines Lebens Trockenfutterfan, Nassfutter war immer schwierig. Ich bekam vom Tierheim die Info mit, er möge am liebsten billiges Discountfutter. Anfangs holte ich ihm das und es funktionierte relativ gut, aber da ich zum Hinterfragen neige, beschäftigte ich mich bald mit gesunder Katzenernährung und stellte fest, dass dieses Futter überwiegend aus Schlachtabfällen, Kohlehydraten und Zucker bestand.

Ich wollte meine Katzen gesund alt werden sehen. Also machte ich mich auf die Suche nach Alternativen. Ich recherchierte, las und fragte beim Tierarzt nach. Einige Sorten probierte ich durch. Hoher Fleischanteil, etwas Gemüse. Kein Getreide, kein Zucker. Damals gab es noch gar nicht viele Futtersorten, die diese Ansprüche erfüllten.

Dann begannen bald Peppers gesundheitliche Probleme: Er neigte lange Zeit zu Struvitkristallen und entwickelte Nierenprobleme. Der Tierarzt verordnete Spezialfutter. Mir gefiel diese Diät nicht. Sie enthielt kaum Fleisch – für einen Fleischfresser? Das erschien mir widersinnig. Er mochte das Futter auch nicht besonders und hatte schon damals gerne Abwechslung im Napf. Von dieser Diät gab es gerade mal zwei Sorten. Das fand er offensichtlich langweilig.

Egal, welches Futter ich Pepper präsentierte, er mochte es immer nur für einige Wochen oder gar Tage. Irgendwann beschloss er von einem Tag auf den anderen, dass dieses Futter ihm jetzt nicht mehr schmeckte. Dann verweigerte er es konsequent. Viel konsequenter als ich es schaffte, hart zu bleiben, denn Pepper konnte hungern. Wenn ich ihm nicht gab, was er wollte, verschmähte er jeden Bissen. Ich zog das ein paarmal zwei bis drei Tage durch, bis ich Angst um seine Gesundheit bekam und beschloss: *Jetzt muss er etwas essen. Egal was.* Dann bekam er halt doch wieder was anderes. Zur Not Leckerlis.

Da die tierärztlich verordnete Diät uns beiden nicht gut gefiel, beschäftigte ich mich abermals mit Katzenernährung, recherchierte im Internet und las Bücher. In meiner Tierarztpraxis kannte man sich damals noch nicht gut mit dem Thema aus. Das änderte sich erst einige Jahre später.

Ich wollte wissen, woher Peppers gesundheitliche Probleme kamen und wie ich ihnen mit natürlicher Nahrung begegnen könnte. Durch ein sehr gutes Buch gelangte ich an den Kontakt einer Tierheilpraktikerin, die sich auf Katzenernährung spezialisiert hatte. Von ihr wollte ich mich beraten lassen. Sie war eine große Verfechterin der Rohfleischfütterung. Diese sei am natürlichsten, pflege die Zähne, kräftige die Kaumuskulatur, und man könne damit auch problemlos die Katze mit allen nötigen Nährstoffen versorgen.

Obwohl mein Tierarzt skeptisch war, weil er meinte, von rohem Fleisch gehe immer eine Gefahr in Form von Bakterien und Salmonellen aus, wollte ich es versuchen. Die Idee faszinierte und begeisterte mich. Es war eine großartige Vorstellung, meine Katzen so zu ernähren, wie es die Natur vorgesehen hatte.

Die erste Herausforderung war es, einen guten Metzger zu finden, der mir frisches Fleisch in guter Qualität liefern konnte, das sich für Rohfütterung eignete. Ich erkundigte mich bei mehreren Metzgern der Umgebung und wurde schließlich bei einem Geschäft an meinem Arbeitsort fündig. In Rücksprache mit der Tierheilpraktikerin entschied ich mich für Rind und Huhn.

Ich benötigte kaum Zusatzstoffe, wie man sie beim klassischen Barfen (einer vor allem für Hunde weitverbreiteten Form der Rohfleischfütterung) kennt. Das meiste machten wir mit natürlichen Zutaten. Gekochte, zermahlene Eierschalen dienten beispielsweise als Kalziumquelle. Das Fleisch wurde in kleine Streifen geschnitten, nicht zu klein, denn ich wollte ja, dass meine Katzen ihre Kaumuskulatur trainierten.

Man sah ihnen an, dass das ungewohnte Kauen anstrengend war. Vor allem Phoebe hatte zu Beginn damit zu kämpfen. Pepper wiederum war begeistert!

Für den Anfang sollten sie nur einen kleinen Teil ihrer täglichen Portion roh bekommen, ansonsten bekamen sie weiterhin gekauftes Futter. Fortan bereitete ich einmal wöchentlich frisches Futter zu und fror es in Eiswürfelformen klein portioniert ein. Das war eine Menge Arbeit und ich schaffte mir extra dafür einen kleinen Tiefkühlschrank an, den ich in den Keller stellte, damit ich mehr Futterportionen bevorraten konnte. Ich fand ein Gebrauchtgerät in den Kleinanzeigen, das gut in meinen kleinen Keller passte.

Ich war schon immer ein etwas zerstreuter und vergesslicher Mensch, und so war es für mich eine besondere Herausforderung, jeden Tag rechtzeitig daran zu denken, die Portion Futter aufzutauen. Ich wollte schließlich roh füttern und nicht erwärmen. Das führte gelegentlich zu Wartezeiten, wenn ich das Futter zu spät aus der Tiefkühltruhe nahm. Ab und zu bekamen sie dann doch mal Dosenfutter.

Ein zweites Problem stellte sich ein, als beide Katzen des Öfteren ihr Futter erbrachen. Das kannte ich bisher nicht von ihnen. Also hielt ich Rücksprache mit der Heilpraktikerin. Konnte es an der Ernährungsumstellung liegen? Ja, sie bestätigte, dass viele Katzen zu Beginn Schwierigkeiten damit hätten, da ihr Verdauungsapparat durch das industrielle Futter eine solche Ernährung nicht gewohnt sei. Sie empfahl mir, bei der Umstellung sehr behutsam vorzugehen, aber dranzubleiben. Das tat ich.

Dann kam das dritte Problem: Ich wurde befördert. Das brachte regelmäßige Geschäftsreisen mit sich. Ein- bis zweimal monatlich musste ich mindestens eine Nacht außer Haus verbringen. Ich hatte damals genug Freunde, die sich gerne während meiner Abwesenheit kümmerten. Jemanden zu finden, der mir hier aushalf, war also keine Schwierigkeit, aber die Rohfütterung und das rechtzeitige Auftauen wurde hier zum Problem. Die Catsitter hatten meist nicht genug Zeit, das Futter erst aufzutauen. Wenn ich es umgekehrt vorher bereits zum Auftauen in den Kühlschrank legte, war es möglicherweise nicht mehr frisch genug, bis der Catsitter kam. Also beschloss ich, dass die Katzen in diesen Fällen lieber Industriefutter bekommen sollten und nur ich roh fütterte. Das hatte allerdings zur Folge, dass das Erbrechen nicht besser wurde. Die Rohfleischfütterung erfolgte zu unregelmäßig.

Schweren Herzens beschloss ich nach ein paar Monaten, das Experiment zu beenden und mich stattdessen lieber nach möglichst hochwertigem Industriefutter umzusehen. Für Phoebe wurde ich schnell fündig. Er hatte damals keine speziellen Bedürfnisse.

Ich hatte zu dem Zeitpunkt noch ein Pferd, Sueño, und irgendwann bot mir mein Hufbearbeiter ein sehr hochwertiges Futter mit hohem Muskelfleischanteil und ohne Zucker an, das er im Direktvertrieb verkaufte. Ich bestellte es von da an jahrelang.

Bei Pepper musste ich wegen der Nieren und der Struvitkristalle einige Dinge beachten. Damals gab es im Bereich spezieller Diäten noch nicht so viel Auswahl. Wir probierten alles durch. Aber Pepper fraß seine Nierendiät immer schlechter. Also versuchte ich Phoebes neues Futter schließlich auch bei ihm, in der Hoffnung, die hochwertigen Zutaten täten auch meinem kleinen Sensibelchen gut.

Und alle Hoffnungen erfüllten sich! Peppers Blutwerte blieben stabil, obwohl es sich um keine spezielle Diät handelte. Und es war das einzige Futter, das Pepper über mehrere Jahre hinweg fraß, ohne zu murren. Es schmeckte den beiden!

Tatsächlich verbesserten beide in dieser Zeit auch ihr Gewicht: Phoebe nahm ab und Pepper nahm zu. Die einzige Zeit, in der Pepper mal annähernd vier Kilo auf die Waage brachte! Beide waren kerngesund und fraßen gut und unkompliziert. Ich hatte es endlich geschafft!

Mama

Meine Mutter hatte eine besondere Beziehung zu meinen Fellnasen. Sie war immer tierlieb gewesen. Ohne sie hätten wir wohl als Kinder keine Haustiere haben dürfen.

Als sie meine beiden Kater kennenlernte, war sie begeistert. Viele Jahre lang war sie mein zuverlässigster Catsitter.

Für einzelne Übernachtungen auf Geschäftsreisen half meist eine Arbeitskollegin oder Freundin aus. Ich hatte damals viele Kollegen mit Katzen und da half man sich natürlich gegenseitig. Aber bei längeren Reisen wollte ich das ungern, da die Katzen dann nur zweimal täglich gefüttert wurden und ansonsten allein waren. Mama half in solchen Fällen aus. Sie nutzte meine Abwesenheit als kleinen Urlaub, zog so lange bei mir ein und war den ganzen Tag für Phoebe und Pepper da.

Ich erinnere mich gerne, mit wie viel Freude und Begeisterung sie mir von ihrer Zeit mit den Katzen erzählte, nachdem Felix und ich zwei Wochen in Irland gewesen waren. In Deutschland hatten wir eine heftige Hitzewelle und Mama amüsierte sich über Phoebe, der so träge wurde, dass er sich nach einem hingeworfenen Leckerli noch nicht einmal ausstrecken wollte. Es musste schon direkt vor ihm landen; alles andere war zu anstrengend.

Als ich später für vier Wochen in Reha musste, war Mama wieder zur Stelle. Diesmal war Phoebe etwas beleidigt, als ich nach Hause kam. Pepper wiederum war sichtlich verwirrt: Er lief zwischen Mama und mir hin und her und wusste offenbar nicht, wen er jetzt begrüßen sollte. Zum Glück arrangierten sich beide sehr schnell wieder mit der Situation.

Mama war auch kurzfristig zur Stelle, wenn Not am Mann war. Als Phoebe Magenprobleme hatte und alle zwei Stunden einen Teelöffel Schonkost bekommen sollte, kam sie spontan mit dem Zug, um die Tagschicht zu übernehmen, während ich bei der Arbeit war. Sie war so gerührt, wie brav Phoebe seine Mini-Portion aufschleckte, sie dabei immer fest mit den Augen fixiert. Er spürte, dass man ihm half. Zum Glück erholte er sich bald davon.

Als Mama begann, mit Gehstöcken zu laufen, erschraken die Katzen erst vor den unbekannten Gegenständen. Wenn dann auch noch ein Gehstock laut polternd umfiel, versteckten sie sich rasch, aber sie gewöhnten sich schnell daran und beschnupperten die Stöcke interessiert. Die waren immerhin ständig draußen unterwegs und brachten spannende Gerüche mit.

Irgendwann wurde Mamas Gehbehinderung so ausgeprägt, dass sie nicht mehr mit dem Zug kommen konnte. Als Catsitter war sie damit raus. Künftig fuhr ich sie besuchen statt umgekehrt. In seinen Seniorenjahren sah sie Pepper nur noch selten, da ihre Gehbehinderung ihr irgendwann die Treppen zu meiner Wohnung unmöglich machte. Es tat weh, zu sehen, wie sie ihn vermisste, denn sie hatte ihn so liebgewonnen.

Als sie schließlich dement wurde, vergaß sie meine Katzen und fragte nie wieder nach ihnen. Das war für mich beinahe noch schmerzhafter. Aber ich erinnere mich gern an die Zeit, als Mama meine Katzen noch als ihre Enkel bezeichnete und mit strahlenden Augen von ihnen erzählte.

Ein sportlicher Kater

Phoebe war eher der gemütliche Salonlöwe und bewegte sich nur so viel, wie unbedingt nötig, Pepper hingegen war eine Sportskanone und kletterte gern am Gitter des Balkons hoch. Ein paarmal pflückte ich ihn davon ab, kurz bevor er den Rand erreicht hatte. Da Pepper sehr neugierig und manchmal durchaus unvorsichtig war, brauchte ich eine bessere Absicherung. Die Gefahr eines Absturzes war mir zu groß.

Ich fand keine Möglichkeit, nachträglich einen Überkletterschutz anzubringen. Daher versuchte ich es zunächst mit durchsichtigem Plexiglas, das ich am oberen Rand anbrachte. Es funktionierte durchaus, denn Pepper fand daran keinen Halt mehr und konnte nicht weiterklettern. Aber als es eines Nachts stürmte, verursachte diese Plexiglaswand auf dem Balkon einen Höllenlärm. Ich lag die halbe Nacht wach. Meine Nachbarn vermutlich auch …

Reumütig stand ich am Morgen sehr früh auf und entfernte die Plexiglassicherung umgehend. Dabei hoffte ich die ganze Zeit über, keiner meiner Nachbarn möge es mitbekommen und realisieren, was diesen Lärm in der Nacht verursacht hatte.

Es musste also eine andere Lösung her. Lange suchte und verglich ich Möglichkeiten der Balkonabsicherung. Schließlich kaufte ich ein Katzennetz und spannte es wie ein Dach über den Balkon. Jetzt endlich konnte ich die Katzen beruhigt ohne Aufsicht nach draußen lassen.

Nicht nur besaß Pepper ein Klettertalent, er war vor allem ein ausgesprochener Hochsprung-Künstler. In jungen Jahren sprang er aus dem Stand fast zwei Meter hoch. Beim Spiel mit der Katzenangel ließ ich ihn springen, bis er müde wurde. Ich konnte die Angel sogar über meinen Kopf heben und Pepper erreichte sie mühelos.

Er raste außerdem gerne in einem Satz am Kratzbaum bis zur Decke rauf. Ich besaß einen großen Deckenspanner-Kratzbaum mit einer durchgehenden Klettersäule vom Boden bis zur Decke. Das liebte er. Wenn er seine wilden fünf Minuten austobte, raste er mehrmals über die komplette Höhe rauf und runter.

So war nichts vor ihm sicher. Ich hatte damals einen Wäscheständer, eigentlich gedacht für Heizkörper. Ich hängte ihn stattdessen im Bad an eine hoch gelegene Handtuchstange auf Kopfhöhe, in der irrigen Annahme, meine Wäsche wäre dort sicher, denn Pepper zog gern Wäsche von der Leine, um darauf zu pinkeln.

Eines Abends kam ich ins Bad und Pepper lag gemütlich auf der Wäsche und schaute von oben auf mich herab. Es gab keine Erhöhung in der Nähe. Er musste vom Boden aus hochgesprungen sein. Dummerweise schimpfte ich in dem Moment automatisch und Pepper sprang erschrocken von seinem Posten herunter und rutschte beim Aufprall auf dem glatten Fliesenboden aus, wobei er sich überschlug. Es sah furchtbar aus – ich dachte schon, er hätte sich das Genick gebrochen. Zum Glück war aber nichts passiert, und ich lernte wieder einmal dazu. Bei künftigen Situationen, in denen ich ihn irgendwo erwischte, wo er nicht hätte sein sollen, ging ich ruhig zu ihm und hob ihn runter, anstatt zu schimpfen. Katzen lehren uns, Ruhe zu bewahren.

Ein weiteres Sportprogramm, das ich liebte, war die Leckerliejagd mit seinen geliebten Knabberstängchen. Dabei warf ich die Stückchen kreuz und quer durch die Wohnung, und die Katzen rannten begeistert hinterher. Oft kam es zu drolligen Vollbremsungen, wenn das Leckerli direkt vor einer Tür oder Wand landete. Besonders Pepper gab gerne Vollgas, und da hob bei der Vollbremsung schon mal das Hinterteil ab und Pepper stand für eine Sekunde senkrecht auf den Vorderpfoten.

Da Pepper so sportlich war, warf ich ihm die Leckerchen gerne über den Kopf hinweg. Er sprang hoch, schlug in der Luft einen Salto oder verschraubte sich seitlich und fing das Leckerli in der Luft! Manchmal schlug er es dabei auch versehentlich mit der Pfote noch weiter weg, nur um dann nach der Landung sofort hinterher zu rasen.

Phoebe trabte eher gemütlich den Leckerlis hinterher. Er sah es gar nicht ein, beim Fressen Kalorien zu verbrennen! Eine Wampe muss gepflegt werden.

Nicht so toll fand Pepper es, wenn ich selbst sportlich wurde. Bei meinen Gymnastikübungen musste er immer dabei sein und meine Aufmerksamkeit suchen. Er lag auf meinem Bauch, während ich trainierte, lief unter mir durch und ließ sich plötzlich vor mir fallen, um gestreichelt zu werden. Bei Online-Gymnastik-Kursen während der Corona-Zeit sorgte er damit für so manchen Lacher.

Was bei der Gymnastik noch gut funktionierte, wurde gefährlicher, als ich mit Line Dance begann und er während des Tanzens meine Aufmerksamkeit suchte. Urplötzlich tauchte er auf und lief mir zwischen die Füße. Wie oft musste ich schnell abbremsen, um nicht über ihn zu stolpern.

Es kam, wie es kommen musste: Irgendwann trat ich ihm versehentlich auf die Pfote. Und das heftig. Pepper schrie und rannte humpelnd weg. Er versteckte sich unter dem Bett und ließ mich nicht an sich heran. Zum Glück lief er bereits nach wenigen Minuten wieder normal und verzieh mir auch schnell. Für diesen Tag war mein Training allerdings gelaufen.

Von da an hatte Pepper Angst, wenn ich tanzte. Ich konnte ihn nicht aus dem Raum aussperren, denn er maunzte und scharrte an der Tür, wenn ich das tat. Sperrte ich ihn nicht aus, musste ich immer wieder damit rechnen, dass er plötzlich auftauchte. Immerhin lief er mir nach dieser Erfahrung nicht mehr zwischen die Füße. Aber er jammerte laut, sobald ich begann, zu tanzen. Er hätte einfach den Raum verlassen können, aber das tat er nicht. Stattdessen lief er aufgeregt und ängstlich maunzend um mich herum.

Fortan übte ich nur noch Tanzen, wenn Pepper schlief. Sobald er wach wurde, hörte ich auf. So viel also zu meiner eigenen Sportlichkeit ...

Die Sache mit der Türklingel

Phoebe und Pepper mochten die Türklingel nicht. In meiner ersten Wohnung hatte sie einen unangenehmen Dauer-Surr-Ton. Sobald es an der Tür klingelte, rasten sie in wilder Flucht davon und versteckten sich.

Ich wollte ihnen diesen Stress ersparen und beschloss, das zu üben. Sie sollten den Klingelton mit etwas Positivem verknüpfen, so mein Gedanke. Da sie sich immer riesig freuten, wenn ich nach Hause kam, und mich bereits hinter der Tür erwarteten, wollte ich diesen Moment nutzen. Wenn ich also abends heimkam und die beiden bereits erwartungsvoll maunzten, drückte ich einmal kurz auf die Klingel – sofort herrschte Stille auf der anderen Seite – und öffnete dann sofort die Tür, um die beiden freudig zu begrüßen.

Bei meinen ersten Versuchen waren beide bereits auf der Flucht, sobald ich die Tür öffnete. Sie erkannten mich, stutzten und waren einen Moment unschlüssig, was zu tun war. Schließlich kamen sie zögerlich und vorsichtig zu mir, lugten um die Ecke, ob da vielleicht noch jemand käme, und begrüßten mich endlich freudig.

Ich blieb dabei und wiederholte das Ganze jeden Abend. Schon nach ein paar Tagen waren sie nicht mehr so verschreckt und warteten in einem gewissen Sicherheitsabstand hinter der Tür, ob es auch wirklich wieder nur ich wäre, die da kommt. Irgendwann begrüßten sie mich schließlich ganz entspannt.

Verwirrt waren sie allerdings nach wie vor, wenn Besucher klingelten und ich bereits in der Wohnung war. Sie blickten irritiert von mir zur Wohnungstür und gingen sicherheitshalber schon mal in Deckung. Neugierig, aber fluchtbereit. Das konnte ich leider schlecht üben, denn von drinnen konnte ich ja nicht klingeln.

Aber da Phoebe generell ein zugänglicher Kater war, versteckte er sich auch bei Besuch nicht mehr. Er wartete weiterhin vorsichtig ab, wer da käme. Kaum war der Besuch im Haus, wurde er aber gnädig begrüßt und durfte dem Herrn den dicken Bauch kraulen.

Pepper versteckte sich zwar weiterhin vor Besuchern, aber er erschrak zumindest nicht mehr so furchtbar vor dem Geräusch der Klingel.

Ich wertete die Aktion also als vollen Erfolg. Bis zu einem Tag im Sommer …

Eines Abends kam ich von der Arbeit nach Hause und bemerkte bereits im Hausflur ein dauerhaftes unangenehmes Surr-Geräusch. Je höher ich kam, umso lauter wurde es. Kurz vor der Wohnungstür realisierte ich es: Meine Türklingel surrte im Dauerton! Hektisch schloss ich auf und stürmte in die Wohnung. Hier war das Surren ohrenbetäubend laut.

Phoebe und Pepper rannten gestresst um mich herum und maunzten verzweifelt. Wie lange ertrugen sie das schon? Ich wusste nicht, wie ich es abstellen könnte, also öffnete ich als Erstes das Fenster zum Balkon. Beide erkannten sofort die Chance zur Flucht und rannten nach draußen, wo das Geräusch nur noch gedämpft zu hören war. Ausgerechnet an diesem Tag hatte ich das Fenster dorthin morgens geschlossen gelassen, weil es nach Regen ausgesehen hatte.

Als beide draußen waren, lief ich schnell runter, um mir den Klingelknopf anzuschauen. Ein Klingelscherz. Ein Ästchen war unter den Klingelknopf geklemmt worden. Wütend riss ich es heraus, aber das half nicht. Irgendetwas hatte sich verklemmt. Ich zog und zerrte hektisch an dem Klingelknopf und versuchte, ihn zu lösen. Ohne Erfolg.

Also wieder nach oben. Den Hausmeister anrufen. Im Treppenhaus öffnete die Nachbarin von gegenüber die Wohnungstür. „Endlich sind Sie da. Das geht schon den ganzen Nachmittag". *Den ganzen Nachmittag? Meine armen Katzen!*

Wütend und fassungslos herrschte ich sie an: „Und da kommen Sie nicht auf die Idee, mal den Hausmeister anzurufen?!", und ließ sie stehen. Ich hatte Wichtigeres zu tun.

Schnell die Nummer des Hausmeisters rausgesucht und mit zitternden Fingern gewählt. Nicht erreichbar. Was tun? Martin! Mein Bruder ist Elektriker. Er kennt sich aus. Also schnell angerufen – er ging zum Glück ran – und gefragt, was zu tun sei. Er leitete mich telefonisch an, wie ich die Kabel an der Gegensprechanlage freilegen könnte. Ich weiß noch, wie er meinte, eines von drei Kabeln, die ich schließlich in der Hand hatte, würde die Verbindung trennen, er könne aber aus der Ferne nicht sagen, welches.

Ich sagte nur: „Was mache ich? Rausreißen?" „Ja, zieh es raus." Mit einem wütenden Ruck zerrte ich alle drei Kabel auf einmal aus der Halterung. Stille. Nur noch das Rauschen und Klingeln in meinen Ohren.

Mein Gott, hoffentlich haben die Katzen jetzt keinen Hörschaden, durchfuhr es mich. Erleichtert dankte ich meinem Bruder und rief sofort in der Tierarztpraxis an. Ich schilderte die Situation, fragte, ob ich kommen könne, aber der Tierarzt sagte mir, da könne er ohnehin nichts machen. Entweder sei das Gehör jetzt beschädigt oder nicht. Ich könne nur beobachten, ob sie schlechter hören würden.

Also versuchte ich erst mal, mich zu beruhigen, und ging nach draußen zu Phoebe und Pepper. Sie saßen verstört auf dem Balkon, kamen aber sofort zu mir und holten sich Trost und Streicheleinheiten ab. Es dauerte eine Weile, sie davon zu überzeugen, dass sie wieder hereinkommen könnten. Angespannt linsten sie um jede Ecke, ob die Luft auch wirklich rein sei. Den ganzen Abend über blieben sie angespannt und nervös, hörten aber augenscheinlich gut.

Am nächsten Tag waren sie wieder die Alten, bis auf einen Unterschied: Ihre alte Angst vor der Türklingel war zurück und ließ sie auch nie wieder los.

Ich zog die drei Kabel, die der Hausmeister am nächsten Tag repariert hatte, später wieder heraus und ließ sie draußen, bis ich umzog. Besucher mussten mich künftig mit dem Handy anrufen, wenn sie unten vor der Tür standen. Funktionierte auch.

Katzen durchzählen

Katzen sind im Allgemeinen sehr quirlig, flink und – wenn sie wollen – sehr leise. Jeder, der Katzen hat, wird das bestätigen.

So kann es schon mal vorkommen, dass man gar nicht mitbekommt, wenn eine Katze durch die Tür schlüpft. Gerade in der ersten Zeit mit den Katzen, als ich noch nicht so daran gewöhnt war, darauf zu achten, konnte es vorkommen, dass ich abends auf dem Sofa saß und mit einer Katze kuschelte, bis mir irgendwann auffiel: „Warum nur eine? Wo ist die andere?"

Also rief ich sie und machte mich auf die Suche. So war ich einmal auf der Suche nach Phoebe, bis ich ein gedämpftes Maunzen hörte. Warum so gedämpft? Ich folgte dem Geräusch, und siehe da – es kam aus der Speisekammer, hinter der geschlossenen Tür hervor. Kaum öffnete ich sie, schoss Phoebe wie ein geölter Blitz heraus, empört maunzend und schwer beleidigt!

Pepper sperrte ich sogar mal versehentlich auf dem Balkon aus. Es war bereits dunkel, regnete und stürmte heftig. Mein Balkontisch schien mir nicht stabil genug für den Sturm, also ging ich kurz hinaus, um ihn zu sichern.

Nie im Leben hätte ich damit gerechnet, dass eine der Katzen bei diesem Wetter auch nur die Nase zur Tür rausstreckt. Als ich wieder drin war, war ich patschnass und durchgefroren. Ich zog mich um und kuschelte mich mit Phoebe aufs Sofa. Moment …

Phoebe war bei mir. Und Pepper? Das war ungewöhnlich. Er kam immer sofort zum Kuscheln. Ich rief ihn und lauschte. Nichts. Ich ging auf die Suche, öffnete die Kammertür, schaute im Badezimmer nach, sah ins Schlafzimmer, ob er vielleicht unbemerkt durch die Tür geschlüpft war, als ich mich umgezogen hatte. Auch hier keine Spur von Pepper.

Ich holte seine geliebten Leckerlis aus der Küche und raschelte damit. Normalerweise eine sichere Nummer, um Pepper aus jeglichem Versteck hervorzulocken. Nichts …

Ich begann, mir Sorgen zu machen. Wo war er bloß? Ich hörte auch nichts. Aufmerksam lauschend und zwischendurch immer wieder mit den Leckerlis raschelnd durchsuchte ich die ganze Wohnung. Irgendwann vernahm ich ganz leise und wie aus weiter Ferne sein kläglich maunzendes Stimmchen. Wo kam das her? Und warum war es so leise?

Schließlich streifte mein Blick die Balkontür und ich hatte den Eindruck, hinter dem Glas im Dunkeln eine Bewegung zu auszumachen. Ich sah genauer hin. Und tatsächlich: Draußen – in Sturm und Regen – saß Pepper vor der verschlossenen Balkontür, verzweifelt rufend, aber durch den Sturm kaum hörbar.

Blitzschnell öffnete ich die Tür und eine kleine nasse Fellkugel rannte, nun sehr laut schimpfend, an mir vorbei. Ich hatte so ein schlechtes Gewissen! Nicht auszudenken, wenn ich ihn nicht so bald gefunden hätte. Er hätte in der Nacht erfrieren können. Ich fühlte mich unglaublich schuldig und war besorgt, wie es ihm ging. Also schnappte ich mir den protestierenden Kater und rubbelte ihn mit einem Handtuch trocken. Er ließ es schließlich ohne weitere Gegenwehr geschehen und verschlang anschließend gierig das angebotene Versöhnungsleckerli. Er überstand sein kleines Abenteuer unbeschadet und kuschelte anschließend umso inniger bei unserem gemütlichen Sofa-Abend.

Nach dieser kleinen Episode begann ich, Katzen zu zählen. Ich nannte es immer scherzhaft so. Wann immer ich die Wohnung verließ, ins Bett ging, die Waschmaschine startete – auch ganz sicher keine Katze in der Maschine? – oder die Balkontür schloss, zählte ich als Erstes durch, ob beide Katzen da waren.

Für den Begriff des Katzen-Zählens wurde ich lange Zeit von meinen Freunden und meinem Partner liebevoll belächelt, aber es hat wunderbar funktioniert. Tatsächlich passierte es mir danach nie wieder, dass ich eine Katze ein- oder aussperrte.

Schneespiele

Pepper liebte Schnee. In unserem ersten gemeinsamen Winter hatten wir für unsere Region ungewöhnlich viel Schnee. Auf dem Balkon lag er mehrere Zentimeter dick und zauberte wunderschöne Muster auf das Katzengitter. Ich freute mich selbst über den schönen Anblick und noch mehr auf die Gelegenheit, meinen beiden Jungspunden Schnee zu zeigen.

Es war Wochenende und gleich nach dem Aufstehen bewaffnete ich mich mit der Digitalkamera und öffnete die Balkontür.

Die Reaktionen der beiden Brüder hätten kaum unterschiedlicher sein können. Erst hockten beide vor der offenen Tür und sahen staunend hinaus in die weiße Pracht. Pepper ging schließlich voraus. Mutig und forsch. Es gefiel ihm sofort!

Phoebe hingegen schüttelte nach jedem einzelnen Schritt seine Pfoten aus. *Ih, nass, kalt … Was soll das denn?* Er warf mir einen vorwurfsvollen Blick zu. *Was hast du mit meinem schönen Balkon gemacht?* Er lief eine kleine Runde, schnupperte am verschneiten Balkongitter, schüttelte dabei jedes Pfötchen angewidert aus, wenn es mit Schnee in Kontakt kam, und hockte sich schließlich zusammengekauert wie eine kleine Kartoffel mitten hinein, um Pepper zu beobachten.

Der hatte derweil seine helle Freude. Er war hinausgestürmt, schnupperte am Schnee, stellte die Vorderpfötchen am Katzengitter auf, um ihn auch höher gelegen zu untersuchen und schließlich hockte er sich bäuchlings in die weiße Pracht, streckte die Vorderpfoten so weit aus, wie er konnte, und scharrte den Schnee im Halbkreis um sich heran, bis er schließlich auf einem kleinen Schneehügel hockte. Anschließend warf er sich seitlich hinein und wälzte sich genüsslich im Schnee.

Während Pepper begeistert im Schnee spielte, verzog Phoebe sich recht bald wieder nach drinnen ins Trockene. Von dort aus beobachtete er verächtlich seinen Bruder.

In den nächsten Jahren wiederholte sich das Schauspiel noch ein paarmal, so viel Schnee wie in diesem ersten gemeinsamen Winter hatten wir aber nie wieder.

In unserer zweiten Wohnung war der Balkon überdacht, und die Katzen konnten nicht mehr im Schnee spielen. Also brachte ich ab und zu eine flache Plastikschale voller Neuschnee von draußen mit und stellte sie auf den Balkon, aber das war nicht das Gleiche und am Ende pinkelte Pepper in den Schnee.

Letztendlich hatte ich in meiner dritten Wohnung auf dem Land wieder eine dicke Schneedecke auf dem Balkon, aber da war Pepper bereits ein alter Herr von 18 Jahren und konnte dem Schnee nicht mehr viel abgewinnen. Schnee ist was für Jüngere. Aber die Erinnerung an diese schönen Tage bleibt für immer ...

Begrüßungskuscheln

Ich war schon immer ein rastloser und unruhiger Mensch, aber Phoebe und Pepper hatten ein unglaubliches Talent, mich zu erden.

Wenn ich abends nach Hause kam und den Hausflur betrat, huschte ein Lächeln über meine Lippen – ich hörte meine Begrüßung bereits. Die Wohnungstür musste ich sehr vorsichtig öffnen, da die beiden von innen ihre Näschen dagegen drückten. Sobald ich die Wohnung betrat, erwartete mich die schönste Begrüßung der Welt!

Früher hatte ich beim Nachhausekommen immer den Drang, sofort geradeaus durch ins Bad zu huschen, um erst mal zu duschen, dann Abendessen zu machen, eventuell noch etwas in der Wohnung zu putzen oder was sonst gerade anfiel. Ich hatte stets einen Plan im Kopf, was ich noch alles tun müsste, sobald ich daheim war. Mit dem Einzug von Phoebe und Pepper sollte sich das ändern, denn die beiden hatten andere Pläne: Zuerst wird gekuschelt!

Es dauerte nicht lange, da war unser tägliches Ritual, sobald sich die Wohnungstür hinter mir schloss, dass ich direkt daran hinabrutschte und mich im Flur auf den Boden setzte, um erst einmal ausgiebig zu kuscheln. Die beiden konnten sich so freuen! Irgendwann legte ich mich meist bäuchlings auf den Boden und Pepper schlüpfte mir zwischen die Arme, mein Gesicht in seinem Fell. Diese Begrüßungen genoss ich sehr.

Ich weiß noch, wie eine Kollegin mich mal fragte, was ich machen würde, wenn ich heimkäme. Ich meinte lächelnd: „Erstmal Begrüßungskuscheln mit meinen Jungs." Sie war so neidisch und meinte, das hätte sie auch gerne.

Tierarztgeschichten, die Zweite

Pepper hatte Blut im Urin.

Das war mir nicht sofort klar, aber etwas war seltsam: Ich entdeckte sehr dunkle Klümpchen im Katzenstreu. Irgendwann beobachtete ich, dass Pepper besonders dunklen, rötlichen Urin absetzte. *Da stimmt was nicht*, dachte ich mir und rief in der Tierarztpraxis an. Ich bekam ein spezielles Katzenstreu aus Glaskügelchen mit, das den Urin nicht aufsaugt, sodass man eine Probe mittels Pipette entnehmen kann.

Der Verdacht bestätigte sich: Pepper hatte Blut im Urin. Eine Laboruntersuchung ergab, dass das Blut aus der Niere stammen musste. Mein Tierarzt hatte damals noch kein eigenes Ultraschallgerät, und so schickte er uns in eine Kleintierklinik, etwa eine Autostunde entfernt. Ich hatte abends einen Termin zum Ultraschall und setzte Pepper mit einem mulmigen Gefühl in die Transportbox.

Gleich zu Beginn ging alles schief. Die Transportbox mit Katze platzierte ich auf dem Beifahrersitz; das Airbag schaltete ich wie immer aus, lief ums Auto rum, um einzusteigen – da entdeckte ich, dass mein Schlüsselbund neben Pepper auf dem Beifahrersitz lag. Ich hatte zum Anschnallen der Box beide Hände gebraucht. Dummerweise hatte das Auto sich nach dem Schließen der Tür automatisch verriegelt.

Trotz Beruhigungstablette, die Pepper zuvor auf Anraten des Tierarztes für die Fahrt bekommen hatte, maunzte er sich die Seele aus dem Leib, schob die Pfote durch das Gitter und randalierte. Und ich konnte nicht zu ihm!

Ich rief den Automobilclub an, bat um Eile – meine Katze … Ich musste dennoch eine Stunde warten. Die Tierklinik sicherte mir am Telefon zu, ich dürfe auch später noch kommen. Also stand ich eine Stunde lang neben der Beifahrertür und versuchte, Pepper durch die

Scheibe zu beruhigen. Er wurde zwischendurch müde, maunzte dann jedoch wieder. Es war die Hölle.

Als endlich das Auto geöffnet war, öffnete ich sofort die Beifahrertür und steckte meine Finger durchs Gitter der Transportbox, um Pepper zu zeigen: „Ich bin da." Er wurde sofort ruhiger. Er war mittlerweile auch sichtlich müde von der Tablette und so entschied ich, noch zu unserem Termin zu fahren.

Auf der Fahrt mobilisierte Pepper nochmals all seine Kräfte gegen die Müdigkeit und maunzte und pfötelte durchs Gitter, was das Zeug hielt. Was fiel mir auch ein, ihn in diese Kiste zu sperren und mit dem Auto durch die Gegend zu fahren. Pepper hasste das Autofahren.

In der Klinik angekommen, randalierte Pepper auch im Wartezimmer weiter- sehr zum Amüsement anderer Wartender. Mein eigener Humor war erschöpft. Ich wollte das nur noch hinter uns bringen und nach Hause.

Zum Glück ging es schnell und wir kamen nach wenigen Minuten dran. Die Sonographie ergab – nichts … Beide Nieren sahen unauffällig aus. Seine Nierenwerte waren ebenfalls in Ordnung. Nur das Blut, das kam offenbar trotzdem von der Niere. Warum, konnte mir auch hier niemand beantworten.

Ratlos fuhren wir spät abends – es war bereits dunkel – nach Hause. Pepper spürte sofort, dass es jetzt nach Hause ging und gab endlich seiner Müdigkeit nach. Während der gesamten Heimfahrt schlief er tief und fest, während ich meinen schweren Gedanken nachhing. Was war bloß los in Peppers kleinem Körper? Ich ahnte nicht, dass diese Frage mich noch häufig bewegen sollte.

Einige Tage später besprach ich mich mit meinem Tierarzt. Er meinte, wir müssten die Nieren regelmäßig kontrollieren und beobachten, ob sich eine Veränderung zeige. Sollten wir eingrenzen können, welche Niere das Problem verursache, könnten wir diese operativ entfernen. Mit einer Niere könne Pepper gut leben, aber derzeit sei das Risiko, die falsche Niere zu erwischen, zu groß. Das wäre sein Todesurteil. Bis dahin konnte ich Pepper nur mit einer nierenentlastenden Diät unterstützen und hoffen.

Wenn wir die Ursache nicht fänden und behandeln könnten, so der Tierarzt, würde Pepper vermutlich nicht älter als 8 bis 9 Jahre werden, aber ich war der Meinung, besser 8 gute Jahre – denn Schmerzen hatte er dadurch keine –, als ihn mit weiteren Untersuchungen zu quälen. Für ein CT, das möglicherweise etwas hätte zeigen können, hätte ich nochmals mit Pepper in eine andere Klinik – zwei Stunden entfernt – fahren müssen. Das wollte ich ihm nicht antun; also beschloss ich, ihn mit Nierendiät zu unterstützen und die Sache zunächst zu beobachten.

Mit der Diät ging es Pepper ausgesprochen gut. Das Blut wurde weniger, ging schließlich sogar ganz weg. Ab und zu kam es zurück, aber im Großen und Ganzen hatten wir es im Griff.

Als die Chefin meiner Tierarztpraxis schließlich ein eigenes Ultraschallgerät anschaffte und Schulungen dazu besuchte, war es ein Leichtes, Pepper jährlich zu kontrollieren. Von da an wechselte ich für alle Untersuchungen und Behandlungen zu ihr; damit ich alles aus einer Hand hatte.

Peppers Nieren blieben tipptopp. Irgendwann hörte das Bluten ganz auf, und ich wagte eine allmählich Futterumstellung. Und siehe da, meinem kleinen Kämpfer ging es blendend. Er liebte sein neues Futter – endlich, denn die Nierendiät hatte er nicht so gut gefressen.

Pepper entwickelte leider noch viele andere Baustellen, aber Blut im Urin hatte er nie mehr; seine Nierenwerte blieben im Normbereich, bis er 18,5 Jahre alt war. Erst da bekam er die weit verbreitete Niereninsuffizienz, und entgegen der Prognose des Tierarztes nach unserem Klinikbesuch wurde er fast 20 Jahre alt!

Alles in allem begleitete uns dieses Thema allerdings einige Jahre mit jährlicher Ultraschall-, Blut- und Urinkontrolle. Diese Untersuchungen machte Pepper tapfer mit und wurde bald zum Ultraschall-Profi.

Die Tierarztgeschichten hören nicht auf – Peppers Herz

Das Ultraschallgerät wurde nicht nur wegen Peppers Niere unser ständiger Begleiter. Bei einer unserer vielen Kontrolluntersuchungen stellte die Tierärztin ein Herzgeräusch fest.

Die Sonographie ergab, Pepper hatte einen Herzfehler. Die Herzwände waren verdickt, wodurch der Innenraum des Herzens kleiner als normal wird. Dadurch muss das Herz schneller pumpen, um die gleiche Menge Blut zu transportieren. Ein Teufelskreis beginnt, denn durch das verstärkte Pumpen verdickt der Herzmuskel sich immer weiter. Ein hoher Puls und Blutdruck können die Folge sein. Diese Krankheit kann zu plötzlichem Herztod führen.

Mein Sorgenkind hatte also die nächste Baustelle. Glücklicherweise konnten wir das Problem durch Betablocker gut in den Griff bekommen. Auch hier waren regelmäßige Ultraschall- Kontrollen erforderlich. Um das Herz zu untersuchen, musste Peppers Bauch rasiert werden und er musste für die Dauer der Untersuchung auf dem Rücken liegen. Eine Katze, die in der Praxis ohnehin Angst hatte, sollte also ausgerechnet der Tierärztin ihren verletzlichsten Bereich präsentieren. Und dann macht sie den Bauch auch noch nass!

Nicht nur ich, auch die Tierärztin war überrascht, wie vertrauensvoll und geduldig Pepper sich seinem Schicksal ergab. Pepper hatte nur drei Bedingungen:

1. Er musste mich die ganze Zeit über sehen können

2. Er musste mich spüren; ich streichelte und hielt ihn ununterbrochen während jeder Untersuchung.

3. Es durfte nicht zu lange dauern. Ein paar Minuten lang war er der kooperativste Kater der Welt. Dauerte es aber zu lange, begann er zu strampeln.

Die Tierärztin und ihre Helfer waren begeistert und verliebt in meinen kleinen Charmeur. Wenn es ihm zu bunt wurde, versuchte er immer, über meine Schulter zu entkommen. Die Tierärztin nannte ihn dann immer „kleiner Bergsteiger".

Es gab einen bestimmten Mitarbeiter in der Praxis, kein gelernter Tierarzthelfer, sondern ein Künstler, wurde mir mal gesagt – der hatte ein unglaubliches Händchen für Katzen. In der Praxis nannte man ihn den Katzenflüsterer. Wenn er im Raum war, entspannte ich mich sofort, weil ich wusste, Pepper ist in guten Händen. Bei ihm blieb jede Katze ruhig. Ein echtes Goldstück.

Peppers Herzwände erholten sich mit den Tabletten zusehends und nach und nach konnten wir die Kontrollen reduzieren – nur noch jährlich, schließlich alle zwei Jahre. Als er mit 16 Jahren immer mehr Angst vor dem Autofahren entwickelte und bei einer Fahrt in die Praxis beinahe mit einer Panikattacke kollabiert wäre, stellte ich die Sonographie-Termine ein.

Ich beschloss, die Tabletten weiterzugeben und auf mein Gespür für sein Befinden zu vertrauen. Später reduzierte ich die Tabletten sogar auf Anraten der Tierärztin, weil sie auch den Blutdruck senkten und Pepper mit 18+ immer träger wurde. Durch die Reduzierung der Tabletten blühte er noch mal richtig auf und erlebte einen zweiten Frühling.

Ob er mit weiteren Kontrollen und mehr Tabletten eventuell noch ein Jahr länger gelebt hätte? Möglich, aber vielleicht wäre er auch an der nächsten Panikattacke im Auto gestorben und hätte auf jeden Fall weniger Lebensqualität gehabt.

Diese Gratwanderung bei medizinischen Entscheidungen ist nicht einfach, aber der Halter kennt sein Tier am besten. Deshalb habe ich irgendwann beschlossen, dabei meiner Intuition zu vertrauen. Ich denke, das war ganz gut so.

Knabberstängchen

Irgendwann brachte ich zum ersten Mal Knabberstängchen mit, die man stückweise abbrechen und als Leckerli geben kann. Beide Kater mochten sie von Anfang an gerne, Pepper aber war regelrecht verrückt danach! Ich musste nur die Packung in die Hand nehmen und damit knistern, schon kam er angerannt, egal was er vorher getan hatte. Mit großen Augen und laut forderndem „Määh!" erwartete er sein Stängchen. Vor lauter Ungeduld konnte es vorkommen, dass er mich in den Finger biss, wenn ich das Stängchen reichte. Er konnte es nicht schnell genug verschlingen, da waren meine Finger einfach im Weg ...

Seine Begeisterung machte mir Freude. Dennoch gab ich sie nicht allzu oft, denn Phoebe hatte zeit seines Lebens mit Übergewicht zu kämpfen und durfte nur wenige Leckerlis bekommen. Nur Pepper etwas zu geben und Phoebe nicht, wäre unfair gewesen. Aber Pepper bekam immer die größeren Stücke – möglichst unauffällig, versteht sich. So konnte ich ihm ab und an eine Freude machen.

Regelmäßig kamen die Stängchen zum Zug, wenn Pepper sich versteckte. Da beide Katzen recht scheu gegenüber Fremden waren, kam das durchaus vor. Meist versteckten sie sich im Bettkasten des Schlafsofas. Wollte ich sie rauslocken, musste ich nur mit der Packung der Knabberstängchen knistern.

Ich war noch nicht lange mit Felix zusammen, da war er einmal samstags allein in meiner Wohnung – ich musste arbeiten. Als ich abends heimkam, erzählte er mir aufgelöst, er habe gedacht, Pepper verloren zu haben. „Wie, verloren?"

„Pepper war weg, nirgends zu finden. Ich habe alles durchsucht, gerufen, in alle Winkel geschaut. Und dann hab ich befürchtet, er könnte durch die Wohnungstür geschlüpft sein, als ich meine Tasche geholt habe. Dann lief unten eine getigerte Katze, und ich bin sofort runter und hab versucht, sie einzufangen, weil ich dachte, es wäre

Pepper. Aber sie ist verschwunden und ich bin wieder hochgegangen. Und da war Pepper. Ich dachte schon, jetzt trennt sie sich von mir, wenn ich ihre Katze verliere …"

Ich lachte, holte eine Packung Knabberstängchen und sagte: „Wenn du Pepper mal wieder suchen solltest, mach einfach das", und knisterte mit der Packung. Sofort kam Pepper mit lautem „Määäh!" angelaufen. Felix sah mich ungläubig an. „Wenn ich das gewusst hätte!"

Der Trick funktionierte jahrelang. Irgendwann wurde Pepper ein wenig reservierter, aber ich wusste ja immer, wo ich ihn suchen musste.

Katzen sind Jäger

Phoebe wäre als Freigänger sicher ein guter Jäger geworden. Zu Hause fing er jedes Getier. Kein Krabbeltier, ob Käfer oder Spinne, war in der Wohnung oder auf dem Balkon sicher vor ihm. Er erkannte sofort, wenn sich in seinem Revier etwas bewegte, und wechselte augenblicklich in den Raubtiermodus. Im Gegensatz zu Pepper fraß er auch alles, was er fing; Käfer genussvoll knackend und krachend, während ich mich ob der Geräusche schüttelte.

Er fackelte nie lange und erwischte sogar Fliegen mit der Pfote. Es war drollig anzusehen, wenn er dann seine Pfote vom Boden anhob, um die darunter gefangene Beute zu fressen, und diese dann sofort wieder wegflog. Phoebes Kopf fuhr ruckartig herum und verfolgte empört die entkommene Beute. Meist erwischte er sie später doch noch.

Ich amüsierte mich köstlich, wenn er eine kleine Obstfliege jagte, mit seiner Pfote draufpatschte und dann in Erwartung eines Festmahls seine Pfote hob, die winzige Fliege, die wahrscheinlich irgendwo an seiner Pfote klebte, aber nicht mehr fand. Er schaute immer ganz verständnislos und verdattert.

Pepper war nie so ein versierter Jäger. Er jagte zwar alles, was krabbelte, aber dann spielte er damit oder beobachtete es so lange, bis es entweder unter einen Schrank krabbelte oder ich es vorher schnell einfing. Pepper verstand nicht so recht, was er mit der Beute anfangen sollte. Er kam nicht auf die Idee, sie zu fressen. Lediglich das Fangen fand er großartig. Phoebe kam ihm dann sehr gern zur Hilfe und verspeiste die Beute vor Peppers ungläubigen Augen.

Dafür schleppte Pepper mir im Sommer mit Vorliebe Heuschrecken oder sogar Heupferdchen vom Balkon in die Wohnung. Dann wurde ich plötzlich sehr schnell, um zu verhindern, dass er sich an den scharfkantigen Beinen der Heupferdchen verletzen könnte. Einmal krabbelte eine Heuschrecke in eine Nische und beschäftigte mich stundenlang, bis ich es schaffte, sie herauszuangeln und in die Freiheit zu setzen.

Phoebes größter Triumph aber waren zwei Vögel. Beide erwischte es in den ersten Jahren, als mein Superjäger noch jung war und ich noch in meiner ersten Wohnung lebte, wo die Katzen tagsüber durch das Badezimmerfenster jederzeit raus konnten.

Eines Abends kam ich heim und fand zwei sehr aufgeregte Kater vor, die mir um die Beine strichen und aufgekratzt maunzten. Ich wunderte mich nicht lange, denn schnell entdeckte ich Federn auf dem Boden.

Alarmiert begann ich, die Wohnung zu durchsuchen. Auf dem Bücherregal im Wohnzimmer fand ich den armen kleinen Vogel. Die Katzen machten sofort Radau und erwarteten offensichtlich von mir, dass ich ihre unerreichbare Beute herunterholte. Das hatte ich auch vor, aber nicht, um sie zu servieren. Also sperrte ich die beiden zunächst ins Bad. Dann machte ich mich daran, den Vogel zu fangen. Es gelang recht schnell. Und ebenso schnell entdeckte ich, dass er bereits verletzt war. Eine Bauchwunde; nicht gut …

Ich rief in der Tierarztpraxis an und fragte um Rat, aber der machte mir schnell klar, dass der Vogel keine Chance hätte. Eine Bauchwunde sei so schnell mit Bakterien aus dem Katzenspeichel infiziert, da könne man nichts mehr machen. Die Tierärztin gab mir den Rat, den Vogel wieder den Katzen auszuliefern. Damit er erlöst würde …

Für viele mag das grausam klingen und genauso fühlte es sich auch an. Es war furchtbar für mich, aber ich setzte den Vogel auf den Balkon und ließ die Katzen hinaus. Phoebe erlöste ihn schnell und präsentierte mir stolz im Maul seine Beute. Ich ließ ihn aber nicht hinein und verdonnerte ihn dazu, draußen zu essen.

Mich nahm dieses Erlebnis wirklich mit. Hätte die Tierärztin helfen können, hätte ich, ohne zu zögern, die Rechnung bezahlt, aber manchmal ist es wohl besser, der Natur ihren Lauf zu lassen, auch wenn es uns nicht gefällt. Ich habe meinen Tierärzten immer vertraut, so auch bei diesem Rat, obwohl er mir nicht gefiel.

Den zweiten Vogel, den meine Katzen – ich kann nur vermuten, dass es Phoebe war, weil er immer der geschicktere Jäger war – erwischten, fand ich nie. Als ich abends heimkam und die Tür öffnete, entdeckte ich sofort kleine Blutspritzer an den Wänden und unzählige Federn auf dem Boden.

Nicht schon wieder, durchfuhr es mich. Die Spuren waren eindeutig. Sofort sperrte ich die Katzen aus und durchsuchte jeden Winkel der Wohnung, weil ich befürchtete, dass Innereien, Schnabel oder andere Überreste noch irgendwo liegen könnten. Ich fand aber nie etwas. Ich suchte sogar unter dem Sofa und in allen Ritzen. Wochenlang rechnete ich damit, dass es irgendwo anfangen könnte, zu riechen, aber selbst beim Umzug fanden wir nichts. Der Vogel muss wohl vollständig gefressen worden sein.

Danach passierte das glücklicherweise nie wieder. Vielleicht hatten die Vögel der Nachbarschaft dazu gelernt und mieden unseren Balkon. Wer weiß?

In unserer nächsten Wohnung hatte ich Sorge, stand doch ein von unzähligen Vögeln bewohnter Baum direkt neben unserem Balkon. Die Piepmätze saßen mit Vorliebe im Katzengitter und besuchten uns auf dem Balkon, aber sie kamen den Katzen nie nah genug, um gefährdet zu sein. Vielleicht waren die Katzen auch einfach inzwischen zu alt dafür.

Gourmet auf vier Pfoten

Zeit seines Lebens hatte Pepper eine Vorliebe für gestohlenes Essen.

Er war wohl der Meinung, Menschenessen sei besser als Katzenessen. Ich musste daher sehr auf meine Einkaufstaschen aufpassen. Kaufte ich Brot oder Brötchen ein, musste ich es sofort wegräumen. Pepper liebte Backwaren – aber nur wenn er sie stehlen konnte. Bot ich ihm ein Bröckchen von meinem Brot an, mochte er es nicht, aber wehe, ich ließ meine Einkäufe einen Moment unbeobachtet stehen. Sofort nagte er mein Brot an und sabberte die Bäckertüte voll.

Auch Milch wurde gerne geklaut. Ich nickte einmal auf dem Sofa ein, während ich ein Glas Milch auf dem Tisch vor mir stehen hatte. Als ich die Augen öffnete, sah ich wie Pepper vor dem Glas sitzend, eine Pfote in das Glas eintauchte und hingebungsvoll mit geschlossenen Augen abschleckte. Ich konnte nicht böse sein und sah ihm stattdessen amüsiert eine Weile dabei zu. Auch hier musste es wohl geklaut sein, denn Katzenmilch im Schälchen ignorierte er…

Einmal stahl er eine Tüte Trockenfutter aus der Einkaufstasche und schleppte sie durch die Wohnung. Sie war viel zu groß für ihn. Er musste den Kopf in den Nacken legen und trat doch noch bei jedem Schritt dagegen! Im Wohnzimmer erlegte er seine Beute und nagte die Packung auf, bis etwas Futter herauskullerte.

Alles, was ich aß, musste inspiziert werden. Wenn Pepper dabei jedoch einen Geruch nicht mochte, wie beispielsweise Mandarinen, verzog er beim Schnuppern das Gesicht. Ich kann diesen Ausdruck kaum beschreiben: beleidigt, empört, regelrecht angewidert. Niemals zuvor habe ich bei einem Tier eine solch sprechende Mimik erlebt!

Phoebe und Pepper hatten beide eine Vorliebe für Salat, am liebsten Eisbergsalat. Der war so schön fest und ließ sich besser kauen.

Wenn ich in der Küche stand und Salat zubereitete, richteten sie sich auf, stemmten die Vorderpfötchen gegen die Küchenfront und sahen mich mit großen, flehenden Augen an.

Ich reichte kleine Stückchen herunter und sie knabberten darauf herum. Phoebe ließ sie meist nach einer Weile liegen und verlor das Interesse, weil er sie nicht gut kauen konnte.

Aber Pepper konnte gar nicht genug bekommen. Er knusperte laut krachend auf dem Salatstück herum, bis er es klein hatte. Dann verlangte er Nachschlag.

Als er im Alter nur noch wenige Zähne hatte, bekam er den Salat nicht mehr klein, aber er bestand weiterhin darauf, seine Portion zu bekommen, um darauf herumzukauen. Irgendwann spuckte er die Reste dann aus, aber das Knabbern machte ihm weiterhin Spaß.

Umzug mit zwei Katern

Felix und ich hatten bereits nach einem Jahr Beziehung die Idee, zusammenzuziehen, beziehungsweise hatte Felix die Idee. Er hatte Geld geerbt und wollte es unbedingt als Anzahlung für Wohneigentum einsetzen. Er hatte es eilig damit, denn er hatte große Angst vor der Inflation.

Mir war es eigentlich zu früh. Zusammenziehen wäre okay gewesen – aber gleich Eigentum? Ich schlug vor, erst einmal eine gemeinsame Mietwohnung zu suchen und es ein Jahr lang auszuprobieren, aber Felix wollte kaufen. So schnell wie möglich.

Wir einigten uns und fanden einen Kompromiss. Da ich kein Eigenkapital hatte, schlug ich vor, er solle die Wohnung kaufen und ich würde ihm eine kleine Miete dafür zahlen und mich so an der Tilgung des notwendigen Kredites beteiligen.

Schnell stellte ich fest, dass Felix dabei sehr sprunghaft war. Erst wollte er unbedingt ein Haus kaufen. Kaum erzählte ihm jemand, Haus und Garten würden furchtbar viel Arbeit machen, wollte er lieber eine Wohnung. Ich passte mich jeweils an. Jedoch hatte ich eine klare Bedingung: Es musste die Möglichkeit geben, einen Balkon oder ein Gehege für die Katzen abzusichern. Damit fingen die Probleme an.

In einer Eigentümergemeinschaft muss eine Balkonvernetzung genehmigt werden, sollte sie die Außenansicht des Hauses beeinträchtigen. Ich war also begeistert von Wohnungen mit von außen nicht einsehbarem Balkon oder Wohnungen in Häusern, wo bereits Balkonumnetzungen o.ä. vorhanden waren. Felix waren diese Wohnungen nie modern und schick genug.

Irgendwann stellte ich fest: Felix suchte eine reine Geldanlage, während ich etwas zum Wohnen für uns und die Katzen suchte. Wir waren zwischenzeitlich seit fast einem Jahr auf der Suche, als Felix die Geduld verlor. Er wollte sein Geld investieren. Jetzt.

Da er ohnehin nur an den Wochenenden da war, beschloss er kurzerhand, eine Wohnung an seinem Arbeitsort zu kaufen. Hier könnten wir uns einfach eine gemeinsame, größere Mietwohnung suchen. Wie immer ließ ich mich überreden. Zu diesem Zeitpunkt dachte ich bereits das erste Mal über Trennung nach, aber es dauerte noch Jahre, bis Felix schließlich auszog.

Zunächst aber mieteten wir in eine große Wohnung mit einem wunderschönen Balkon, gerade mal wenige hundert Meter von unserer alten entfernt; wir zogen daher zu Fuß mit Sackkarren um.

Es war Dezember – Urlaubssperre im Einzelhandel. Ich arbeitete damals noch als Buchhändlerin und hatte im Dezember besonders lange Arbeitstage. Unter der Woche war ich wie immer allein. Mehr als einen Monat Mietüberschneidung hätten wir nicht bezahlen können. Also mussten wir das in diesem Monat durchziehen. Es war der pure Stress.

Sueño, sah ich die vollen vier Wochen lang nicht. Für den Stall fehlte die Zeit. Glücklicherweise wurde er von meinen Reiterkollegen so lange mitversorgt.

Wir renovierten die Wohnung, brachten unser Hab und Gut hinüber und vergitterten den neuen Balkon.

Zwischendurch mussten wir die Massenbesichtigung meiner alten Wohnung überstehen, während der meine Mutter mit den Katzen bereits die neue Wohnung erkundete. Wenn jemand schon mal erlebt hat, wie 30 Leute gleichzeitig eine 55 qm Wohnung besichtigen, wird derjenige verstehen, warum ich die Katzen aus der Schusslinie brachte.

Sie sollten nur für eine Stunde in der neuen Wohnung bleiben, bis die Besichtigung vorbei wäre. Mama bekam die Anweisung, mit ihnen im Wohnzimmer zu bleiben, wo bereits ein paar Möbel standen und sie auf dem Sofa sitzen könne.

Als Felix und ich von der Besichtigung kamen, um die Katzen wieder abzuholen, erzählte Mama freudestrahlend, wie neugierig Pepper gewesen sei. Er habe sich die ganze Wohnung angeschaut und sei sogar im Kleiderschrank rumgeklettert. Im Kleiderschrank. Im Schlafzimmer …

„Aber das ist doch Tabu-Zone. Da soll er doch nicht hin!" „Ach ja", meinte sie. „Er war halt so neugierig."

Ihr dürft raten, was passierte. Unsere Probleme mit der Schlafzimmertür begannen nach dem Umzug von vorne, aber dazu später mehr.

An Weihnachten waren wir endlich in den neuen vier Wänden angekommen. In der neuen Wohnung hatten Phoebe und Pepper doppelt so viel Platz und einen riesigen, schattigen Balkon, den sie ganzjährig nutzen konnten.

Da Felix sich vor dem Katzenklo ekelte, baute er eine Katzenklappe in die Tür zum Gästebad, welches fortan ein „Katzenbad" war. Ich beschriftete die Tür mit „Cats only" und klebte Pfötchen Abdrücke drauf. Solche kleinen Details liebe ich.

Über die Gästetoilette baute Felix, seines Zeichens Hobbyschreiner, ein einfaches Holzpodest. So konnte ich rückenschonend im Stehen das Katzenklo saubermachen. Die Katzen bekamen später, als sie älter wurden, noch eine Treppenstufe zum Hochklettern – die selbstverständlich ignoriert wurde …

Phoebes Morgenrituale

Phoebe liebte die Morgenstunden. Das war seine Kuschelzeit. Phoebe war eigentlich immer eher schüchtern und zurückhaltend. Er legte sich abends mal neben mich oder auf den Schoß und ließ sich streicheln, aber er war dabei nie so fordernd wie Pepper, der seine Streicheleinheiten jederzeit vehement verlangte.

Morgens aber war Phoebe hartnäckig. Zu Beginn hatte ich noch die Vorstellung, erst mal selbst in Ruhe frühstücken zu wollen, bevor ich einen der Kater zum Kuscheln auf meinen Schoß lasse. Aber Phoebe wollte rauf. Jetzt. Er saß neben mir auf dem Boden, fixierte mich mit seinem besonders tiefen Blick. Maunzte stumm und herzerweichend und fragte ab und an schüchtern mit der Pfote an meinem Bein nach.

Erst gab ich mir noch Mühe, ihn abzuwehren. Irgendwann gab ich nach. Fortan musste ich in etwas unbequemer Haltung über den Kater hinweg einhändig frühstücken, während die andere Hand als Phoebes Kopfkissen fungierte oder ihn kraulte. Phoebe liebte es, sein Köpfchen auf meiner Hand abzulegen. „Bin ich jetzt dein Kopfkissen?" Ja, das war ich wohl – und ich war es gern!

Diese morgendliche Kuscheleinheit genoss Phoebe intensiv. Vor allem, wenn ich endlich mit Frühstück fertig war und beide Hände für ihn frei hatte. Wenn ich ihm die Zeit gab, blieb er mindestens eine Stunde so auf meinem Schoß. Leider ging das nicht immer, weil ich zur Arbeit musste.

Eine andere morgendliche Schmusemarotte entwickelte Phoebe erst in seinem letzten Jahr; aber sie war besonders liebreizend.

Eigentlich war Pepper immer der Spezialist darin, auf mir herumzuklettern und mit meinem Gesicht zu schmusen. Phoebe war eher der „Auf-dem-Schoß-Schmuser". Aber irgendwann begann Phoebe, Schritt für Schritt meine Schultern zu erobern. Es war ebenfalls ein

Morgenritual. Ein morgendliches Badritual, um genau zu sein. Na ja, um ganz genau zu sein, ein morgendliches Klo-Ritual.

Zur Erklärung: Phoebe war ein recht schwerer Kater und sprang nie so hoch wie Pepper. Er wäre mir niemals auf meine Schulter gesprungen – das war ihm zu hoch. In unserer damaligen Wohnung befand sich nun die Toilette direkt neben der Badewanne. Irgendwann entdeckte Phoebe, der es morgens ja kaum erwarten konnte, dass ich endlich aufstand, dass er auf dem Eck des Badewannenrands bequem sitzen und mir dabei sehr nahe sein konnte, während ich auf der Toilette saß.

Zu Beginn nutzte er diese Nähe, um Köpfchen zu geben und mit meinem Gesicht zu schmusen. Auch wenn ich lieber woanders als auf dem Klo geschmust hätte – ich habe das genossen, denn Phoebe hatte das vorher nie gemacht und ich empfand dieses Gesicht an Gesicht schmusen immer als besonders innig.

Irgendwann wollte Phoebe auf meinen Schoß kommen. Das gefiel mir nicht so gut, weil seine Krallen meine nackten Beine dabei empfindlich piksten. Da Phoebe aber unbedingt noch mehr Nähe wollte, ging er einen Schritt weiter: Von seiner erhöhten Position auf dem Badewannenrand wagte er schließlich den Sprung auf meine Schulter, und so begann unser neues Ritual.

Jeden Morgen, wenn ich auf Toilette saß, sprang Phoebe auf den Badewannenrand und von dort aus hoch und legte sich quer über meinen Nacken. Das Hinterteil auf meiner rechten, das Vorderteil auf meiner linken Schulter. Von dort aus rieb er schnurrend sein Köpfchen an meinem Gesicht. Das waren wunderschöne Momente. Manchmal kletterte er nach einer Weile weiter auf den gegenüberliegenden Fenstersims und gab von dort aus wieder Köpfchen. Wir schmusten so jeden Morgen ein paar Minuten lang. Und so wurden meine morgendlichen Badezimmerzeiten länger – und Felix musste warten, bis er ins Bad durfte.

Alle Jahre wieder – Weihnachten

Nach unserem ersten gemeinsamen Weihnachten nahm ich Phoebe und Pepper nie wieder mit zu meinen Eltern. Sie blieben daheim und ich fuhr nur noch zum Familienessen und kam abends nach Hause.

Danach begann *unser* Weihnachten, und das genoss ich viele Jahre lang sehr. Jedes Jahr bekamen meine beiden Fellnasen ein kleines Geschenk: Leckerlis, Spielzeug – immer irgendwas stark Riechendes, denn ich verpackte es immer lose in eine Geschenkpapierrolle, die sie selbst öffnen mussten. Manchmal musste ich noch ein paar Luftlöcher reinmachen, damit der Geruch nach außen drang.

Das war lange Jahre dasselbe Bild: Pepper bearbeitete mit Zähnen und Pfoten eifrig das Päckchen, zerrte es durchs ganze Zimmer und schüttelte es. Und jedes Mal, wenn ein paar Leckerlis rausfielen, war sofort Phoebe – der daneben aufmerksam beobachtet hatte – zur Stelle und klaute ihm die meisten. Wenn das Päckchen schließlich geöffnet war und eine größere Menge Leckerlis herauskullerte, fraßen beide Kater nebeneinander. Ich musste immer aufpassen, dass Pepper zu seinem Recht kam, denn Phoebe schob einfach seinen großen Kopf dazwischen, wenn es um die letzten Leckerbissen ging und gab ihm keine Chance. Pepper wehrte sich nie, wenn es ums Essen ging. Da gab er sofort klein bei und schaute Phoebe konsterniert dabei zu, wie er die Reste fraß. Also schritt ich meist an irgendeinem Punkt ein und hielt meine Hand dazwischen.

Ein weiteres Ritual führten wir in den frühen Jahren regelmäßig durch: Wenn ich von meinen Eltern zurückkam, brachte ich immer eine große Tasche voller Geschenkpapier und Geschenkband von unserer Bescherung mit. Im Wohnzimmer bei mir kippte ich alles aus und genoss das anschließende Schauspiel. Phoebe und Pepper raschelten mit dem Papier, kletterten drunter, spielten mit den Bändern, jagten sich gegenseitig unter den Papierhaufen und schlitterten durch die Wohnung. Letzteres war vor allem Peppers Spezialität. Mit Anlauf sprang er auf einen Papierbogen und rutschte damit durchs Zimmer. Ich genoss dieses Schauspiel jedes Mal, bis beide müde waren. Danach räumte ich auf und wir kuschelten auf dem Sofa.

In den späteren Jahren kam ein weiteres Ritual hinzu. Felix' Mutter brachte mir irgendwann stolz und voller Freude einen Katzen-Adventskalender mit Leckerlis hinter jedem Türchen. Bis dato hatte ich diese Kalender albern gefunden, aber sie freute sich so sehr, also öffnete ich jeden Tag ein Türchen und erfreute mich an der Euphorie meiner Kater. Schnell entwickelten wir die Angewohnheit der Leckerli-Jagd: Ich warf die Leckerlis durch unseren langen Flur hin und her und die beiden Kater jagten im Galopp hinterher. So bekamen sie gleich noch etwas Bewegung.

Als Pepper später nach Phoebes Tod allein war und ich ein besonders stressiges Weihnachtsgeschäft bei der Arbeit hatte, entwickelte sich dieses Ritual zur täglichen Quality Time für uns. Ich kam nach einem anstrengenden Arbeitstag dabei herunter und Pepper freute sich, dass ich mir endlich Zeit für ihn nahm. Ich war immer so froh, wenn endlich Weihnachten war und ich wieder etwas Freizeit hatte. Bis dahin schenkte der Kalender uns jeden Tag eine kleine Auszeit miteinander. Ich bin Felix' Mutter bis heute dankbar für diese „alberne" Idee.

Übrigens haben meine Katzen nie einen Weihnachtsbaum umgeworfen oder Kugeln kaputt gemacht. Ich ließ sie allerdings auch nie allein damit. Da beide gerne an Pflanzen jeder Art fraßen und vermutlich auch das Gießwasser getrunken hätten, hatte ich immer zu große Angst vor einer möglichen Vergiftung. Also stellte ich den Baum auf einen Rollwagen und fuhr ihn jeden Abend vor dem Schlafengehen in die Küche, wo ich die Tür schließen und somit die Katzen aussperren konnte. Abends nach Feierabend kam der Baum dann ins Wohnzimmer zum gemütlichen Sofaabend.

Später stellte ich keinen echten Baum mehr auf, sondern schmückte ein Holzbäumchen, das wir in der Buchhandlung als Deko bekommen hatten. Hier musste ich mir keine Gedanken mehr machen, ob den Katzen damit etwas passieren könnte oder sie etwas beschädigen würden.

Dieses Bäumchen begleitet mich seit vielen Jahren und nach Peppers Tod habe ich einen ganz besonderen Olivenholzstern aus Bethlehem in liebevollem Gedenken an ihn mit einer Gravur versehen lassen und daran gehängt. Es ist jetzt Peppers spezielles Weihnachtsbäumchen.

Silvester

Silvester war immer wieder eine spannende Zeit. Die ersten Jahre verbrachte ich Silvester bei meinen Katzen zu Hause, entweder allein oder mit einer Freundin.

Ich hatte mich vor unserem ersten gemeinsamen Jahreswechsel vorbereitet. Um den beiden eine schnelle Versteckmöglichkeit zu bieten, breitete ich eine Decke über den Wohnzimmertisch aus, sodass sie auf der Seite Richtung Fenster nicht ganz bis zum Boden reichte. Sie sollten die Möglichkeit haben, geschützt unter der Decke hervorschauen zu können, um zu sehen, was los ist.

Mit dieser Taktik machte ich immer gute Erfahrungen. Beide hatten zwar Angst vor dem Feuerwerk, aber es war besser, wenn sie es sehen konnten. Machte ich die Jalousien zu, bekamen sie vor den Geräuschen, deren Ursache sie nicht erkennen konnten, noch mehr Angst.

Ich saß neben ihrer Höhle auf dem Boden und sprach mit ihnen, um sie zu beruhigen. Schnell merkte ich, dass sie Silvester eigentlich gut wegsteckten, solange sie nur ihre Höhle hatten. Während der Knallerei versteckten sie sich dort und wollten von mir auch nichts wissen. War die Knallerei vorbei, kamen sie wieder raus und waren schnell wieder die Alten. Deshalb ließ ich mich nach ein paar Jahren, als ich frisch mit Felix zusammen war, überreden, ihn zur Silvesterfeier seiner Freunde zu begleiten.

Obwohl ich sicher war, dass sie es genauso gut wie immer wegstecken würden, dachte ich den Abend über oft an die beiden. Tatsächlich ging alles gut. In den darauffolgenden Jahren feierte ich Silvester daher des Öfteren mit Freunden. Einmal fuhren wir sogar über den Jahreswechsel in Urlaub. Meine Eltern zogen so lange bei uns ein, und so hatten Phoebe und Pepper an Silvester Gesellschaft.

Im ersten Jahr nach unserem Umzug in die größere, gemeinsame Wohnung, blieb ich zum ersten Mal seit Langem wieder an Silvester zu Hause. Felix wollte feiern gehen, aber ich wollte die beiden in der neuen Umgebung nicht gleich allein lassen. Also ließ ich ihn ziehen und verbrachte Silvester mal wieder mit „meinen Jungs".

Es stellte sich heraus, dass die neue Nachbarschaft in einer ruhigen Nebenstraße sehr viel weniger Feuerwerk machte und Silvester dadurch recht ruhig verlief. Tatsächlich war das einer der schönsten Jahreswechsel meines Lebens!

Ich hatte mir ein paar Leckereien und eine kleine Flasche Sekt gegönnt. Für die Katzen gab es ausnahmsweise unbegrenzt Leckerlis. Wir lagen den ganzen Abend auf dem Sofa und schauten alte Pferde-Filme auf DVD. Phoebe lag auf meinem Bauch oder meiner Hüfte; Pepper kuschelte sich in meinen Arm oder lag auf meiner Schulter.

Als das Feuerwerk losging, versteckte sich Phoebe kurz, kam aber bald wieder hervor. Pepper saß auf der Fensterbank und schaute angespannt, aber neugierig zu.

Irgendwann kam ich auf die Idee, mit einer CD zu trainieren. Es gibt CDs mit Silvestergeräuschen, mit denen man Katzen trainieren kann, damit die Geräusche mit der Zeit ihren Schrecken verlieren. Das Abspielen der CD habe ich immer mit Leckerlis verbunden und die Lautstärke langsam gesteigert. Ob es etwas gebracht hat, weiß ich nicht so genau. Sie wurden mit der Zeit entspannter. Ob ich das dem Training oder dem fortschreitenden Alter zuschreiben soll – wer weiß ...

Nach Phoebes Tod – er starb kurz vor Silvester – wurde Pepper wieder schreckhafter. Ohne seinen Bruder, der ihm immer Halt und Sicherheit gegeben hatte, versteckte Pepper sich unter der Bettdecke des Gästebetts. Ich blieb in diesem ersten einsamen Jahr bei ihm, während Felix mit unseren Gästen nach draußen ging, um das Feuerwerk anzusehen.

Nach der Trennung von Felix verbrachte ich alle kommenden Jahreswechsel bei Pepper. In unserem ersten Jahr allein hatte ich keine Lust auf Silvester und ging vor Mitternacht ins Bett. Wir lauschten dem Feuerwerk aneinander gekuschelt im Bett und schliefen bald darauf ein. Zum ersten Mal störte Pepper sich nicht daran, dass ich die Rollläden runtergelassen hatte.

Je älter Pepper wurde, umso ruhiger wurde er. Er war weiterhin etwas angespannt, aber er beobachtete auch interessiert. Solange ich bei ihm war und ihm Sicherheit und Ruhe vermittelte, blieb er ruhig und versteckte sich auch nicht mehr. Nachdem ich mit ihm in eine kleine Wohnung auf dem Land gezogen war, wurde es gänzlich entspannt. Das Feuerwerk der Stadt sahen und hörten wir nur noch in der Ferne. Es erschreckte Pepper nicht mehr. Seine Öhrchen zuckten gelegentlich, wenn er etwas hörte, und er sah von seinem gemütlichen Sofaplatz entspannt zu, während wir kuschelten.

Katzen kotzen

Unter uns Katzenmenschen: Katzen kotzen nun einmal. Mal mehr, mal weniger. Und natürlich landet es immer auf dem Teppich.

96 qm Wohnfläche mit Laminat und Fliesen, darunter etwa 4 qm Teppich – die Trefferquote dürfte bei über 95% gelegen haben! Typisch Katze eben …

Ich persönlich vermute, dass Katzen das machen, weil es auf dem saugenden Untergrund nicht spritzt. Aber Tatsache ist: Für den Menschen ist es viel schwerer aufzuputzen.

Bei uns wurden nicht nur Haarballen, sondern häufig auch Futterreste erbrochen. Ich wusste nie, wer sein Futter jetzt mal wieder nicht vertragen hatte, weil ich sie selten „live" dabei erwischte.

Aber nachdem Phoebe gestorben war, stellte ich bald fest, dass Pepper so gut wie nie Haarballen erbrach. Tatsächlich fand ich in all den Jahren genau zweimal einen Haarballen von ihm. Er schien seine Haare anders loszuwerden. Allerdings erbrach er häufig sein Futter und manchmal auch nur klare Flüssigkeit, wenn der Magen leer war.

Wir fanden beim Ultraschall irgendwann heraus, dass er Flüssigkeit im Magen hatte, aber wir fanden leider nie die Ursache dafür. Ich probierte einige Medikamente gegen Übelkeit aus, die ihm halfen, und mit einer getreidefreien Mono-Protein-Schonkost bekamen wir es gut in den Griff.

Das Geräusche-Repertoire einer Katze

Ich hätte früher nie gedacht, wie vielfältig die Geräusche sind, die Katzen von sich geben. Das ist bei Weitem nicht nur Maunzen und Schnurren.

Zunächst gibt es schon viele unterschiedliche Arten des Maunzens. Peppers Spezialität war ein forderndes lautes „Mäh", ganz kurz und prägnant. Damit sagte er mir, dass er etwas wollte – und zwar sofort, bitte schön.

Dann gibt es das klassische „Mau" oder „Miau", das beide recht häufig verlauten ließen. Das konnte vieles bedeuten: „Hallo, endlich bist du da", „Wann gibt es was zu essen?" Pepper schien damit auch manchmal ganze Geschichten zu erzählen. Als er jung war, war er sehr gesprächig und lief mir oft laut maunzend auf Schritt und Tritt hinterher. Ich sagte dann immer, er erzähle mir von seinem Tag.

Wurde dieses Maunzen lauter und fordernder, hieß es in aller Regel: „Hunger! Was dauert da so lange?"

Phoebes Spezialität war ein nahezu lautloses Maunzen mit weit aufgerissenem Mäulchen und einem kaum hörbaren „Maah". Das war sein eher schüchternes Fordern nach Streicheleinheiten oder Futter.

Außerdem konnte Phoebe knurren wie ein Hund. Tatsächlich tat er das auch nur, wenn Hunde anwesend waren – im Wartezimmer der Tierarztpraxis, wenn ein Hund seinem Korb zu nahekam. Tatsächlich fragte im Wartezimmer mal jemand irritiert, wessen Hund denn da so knurre. Ich antwortete: „Das ist mein Kater."

Phoebe konnte auch Jaulen wie ein Hund. Das tat er mit Vorliebe, wenn er abends seine fünf Minuten hatte und mit gesträubtem Fell und aufgeplustertem Schwanz – ich nannte das Eichhörnchen Schwanz - durch die Wohnung fegte. Katzenhalter kennen das …

Dann saß er jaulend vor der Garderobe und fixierte sie. Irgend-wann sprang er unvermittelt hoch und hing in meinen Jacken, wo er laut maunzend herumkletterte – ich hatte damals unzählige kleine Löcher in meinen Sachen.

In unserer zweiten Wohnung befand sich die Garderobe – sehr zu Phoebes Leidwesen – außerhalb der Wohnung im Hausflur. Dafür hatte ich fortan wieder Jacken ohne Löcher.

Häufig hörte ich die beiden auch gurren, was meist irgendwie fragend klang. Außerdem gab es da noch das Schnattern und Gackern, wenn sie am Fenster Vögel beobachteten und wussten, sie könnten sie nicht erreichen. Das klang nicht nur lustig, sondern sah auch so aus. Wer das schon mal beobachtet hat, weiß bestimmt, was ich meine. Das Mäulchen bewegt sich dabei ganz schnell, die Augen fixieren gebannt die unerreichbare Beute.

Auch das Schnurren umfasste verschiedene Nuancen, von leise und leicht vibrierend über laut und stark vibrierend, durchsetzt mit kleinen Quietschlauten, bis hin zu einem lauten Knattern wie ein alter V8 Motor.

Interessant fand ich, dass jede Katze ihr eigenes Geräusche-Repertoire pflegte. Pepper machte Geräusche, die ich bei Phoebe nie hörte, und umgekehrt.

In seinen letzten Monaten wurde Pepper zunehmend leiser und schließlich nahezu stumm. Nur noch ganz leise und stumme Maunzer sowie ein leises Schnurren erlebte ich in dieser Zeit. Und auch das immer seltener.

Bettgeschichten

Als Phoebe und Pepper bei mir eingezogen waren, hatte ich beschlossen, das Schlafzimmer zur Tabu-Zone zu erklären. In der ersten Nacht hatte das funktioniert, aber natürlich versuchten sie später, mich umzustimmen.

Es wurde an der Schlafzimmertür gekratzt, es wurde gemaunzt: wenn ich ins Bett ging, früh morgens, wenn sie der Meinung waren, es sei Frühstückszeit, und manchmal auch mitten in der Nacht.

In den ersten Wochen fürchtete ich oft, zu spät zur Arbeit zu kommen, da ich konsequent wartete, bis beide Ruhe gaben, bevor ich aufstand und rauskam. Andernfalls fürchtete ich, ihnen beizubringen, dass sie mich damit zu jeder beliebigen Zeit wecken könnten. Oft wartete ich, bis mir schier die Blase platzte – aber ich wollte um jeden Preis konsequent bleiben. Ihre Vorbesitzerin hatte mich in meinem Vorhaben bestärkt und mir davon abgeraten, sie ins Schlafzimmer zu lassen. Sie hätten sich bei ihr nachts immer gejagt und wären auf sie und über sie gesprungen. Sie hätte kaum schlafen können. Also hieß es, durchhalten.

Tatsächlich funktionierte es. Nach ein paar Wochen ließ es nach. Es ging nie ganz weg – gelegentlich versuchten sie es noch, aber nicht lange, anschließend ließen sie mich schlafen und warteten, bis ich aufstand. Es durfte nur nie später als 8 Uhr werden, aber damit war ich einverstanden.

Das funktionierte, bis ich Felix kennenlernte und er begann, bei mir zu übernachten. Er hielt nicht durch, sondern stand auf, um sie zu füttern, und legte sich danach wieder hin. Mit dem Resultat, dass sie wieder täglich an der Tür kratzten …

Felix hatte wenig Verständnis dafür. Er war der Meinung, man müsse es den Katzen doch abgewöhnen können. Ich erklärte ihm, dass ich das bereits getan hatte – bis er inkonsequent geworden war.

Wir mussten uns etwas überlegen, um das Problem zu lösen. Auch hier versuchten wir es zunächst damit, die Katzen mit Wasser anzusprühen und deponierten eine Sprühflasche im Schlafzimmer.

Die Kunst bestand nun darin, den richtigen Zeitpunkt abzupassen. Der Sprühstoß musste unmittelbar nach dem Kratzen an der Tür beziehungsweise dem Maunzen erfolgen. Also stand ich auf, wenn der Terror losging und postierte mich hinter der Tür. Sobald einer maunzte, riss ich die Tür auf und sprühte. Die Katze wetzte in wilder Flucht davon und ich schloss die Tür und durfte mich wieder hinlegen. Natürlich war das – laut Felix – mein Job, denn es waren ja auch meine Katzen …

Mit der Sprühflasche fanden wir eine Zeit lang wieder zur Ruhe. Ein paarmal sprühen, und siehe da: Sie ließen uns wieder bis 8 Uhr schlafen. Aber ich sollte noch lernen, dass solche Maßnahmen nie dauerhaft helfen.

Als wir in unsere gemeinsame Wohnung umzogen, geschah es, wie zuvor erwähnt, dass meine Mutter während der Massenbesichtigung Pepper ins Schlafzimmer ließ. Damit begann für uns ein neues Kapitel der Bettgeschichten mit meinen Katzen.

Pepper war schon einmal in diesem Raum gewesen und hatte ihn wegen des großen Kleiderschrankes besonders spannend gefunden. Er wollte wieder diesen Schrank erkunden und sah nicht ein, warum diese blöde Zimmertür immer geschlossen blieb.

Nach dem Umzug begann er also, die Schlafzimmertür zu belagern. Den halben Tag konnte er davorsitzen und maunzen. Irgendwann gesellte Phoebe sich dazu. Er kannte den Raum nicht, aber irgendwas musste ja dran sein, wenn sein Bruder so hartnäckig war.

Wir packten die Sprühflasche wieder aus, aber sie funktionierte nicht mehr. In der neuen Wohnung fanden sie schnell raus, dass sie sich so ums Eck hinter die Tür setzen konnten, dass die Sprühflasche sie nicht erreichte.

Mein Partner begann, sie mit „Schhhhht!"-Lauten zu erschrecken, mit dem Ergebnis, dass wir beide dann auch wach waren. Irgendwann entdeckten wir, dass Phoebe und Pepper Reißaus nahmen, wenn sie das Sprühgeräusch meines Deos hörten. Sie mochten das Geräusch ganz und gar nicht und der Duft tat wohl sein Übriges.

Fortan stand also eine Deoflasche im Schlafzimmer. Natürlich sprühte ich sie damit niemals an! Ich sprühte nur kurz nach oben, sodass ich sie nicht traf, sie aber das Geräusch hörten. Mit auf dem Parkett quietschenden Krallen ergriffen sie die Flucht.

Im Laufe der Jahre versuchten wir also so einiges, um unser Schlafzimmer zu verteidigen. Ich selbst hätte längst nachgegeben und sie ins Bett gelassen, aber Felix wollte das auf keinen Fall. Er sorgte sich um die Hygiene, wollte keine Haare im Bett.

Als Phoebe starb und Pepper allein schlafen musste, versuchte ich nochmals, ihn zum Einlenken zu bewegen. Er blieb stur. Also schlief ich lange Zeit mit Pepper im Gästebett, denn er war es gewohnt, sich nachts an seinen Bruder zu kuscheln.

Zwei Jahre später zog Felix schließlich aus. Ich war schon lange unglücklich in der Beziehung gewesen. Allein meine Angst vor der Einsamkeit und vor einer falschen Entscheidung – ich konnte nie gut Entscheidungen treffen – hielten mich immer wieder davon ab, mich zu trennen. Schließlich nahm er mir diesen Schritt ab – dafür bin ich ihm bis heute dankbar.

Noch in derselben Nacht, wenige Stunden nach der Trennung, schlief ich mit Pepper in meinen Armen im Bett. Tatsächlich schlief ich vorerst noch für einige Tage im Gästebett, da ich unsicher war, ob ich Pepper wirklich fortan das Schlafzimmer erlauben sollte. Zu unsicher war ich mit meiner Entscheidung. Aber ich genoss es so sehr, mit diesem kleinen Kerl im Arm einzuschlafen und aufzuwachen!

Nach wenigen Tagen zog ich zurück ins Schlafzimmer und Pepper kam einfach mit. Von da an durfte er immer – auch tagsüber – ins Schlafzimmer. Ich gewöhnte mir an, die Schlafzimmertür offen zu lassen. Pepper war so glücklich!

Wenn ich von der Arbeit heimkam, lief er mir fast immer aus der Richtung des Schlafzimmers entgegen, um mich zu begrüßen.

In den ersten Wochen war Pepper so aufgeregt über sein neues Glück, dass er jeden Abend mehrmals über mich kletterte und verschiedene Positionen ausprobierte. Dabei schnurrte er ununterbrochen laut vor sich hin. Ich brauchte manchmal länger als eine Stunde, bis ich endlich einschlafen konnte.

Mit der Zeit gewöhnte er sich an die neue Situation und fand seine Schlafposition. Die behielt er weitestgehend für den Rest seines Lebens bei.

Seine favorisierte Position war in meiner linken Armbeuge. Vorderpfötchen und Kopf lagen auf meiner Schulter oder meinem Oberarm. Mit der Hand musste ich ihn umschlingen, sodass er ganz in meinen Arm geschmiegt war. So konnte ich noch kraulen und lauschen, wie sein Schnurren allmählich leiser wurde, bis er schließlich einschlief. Vier wundervolle Jahre lang war das unser allabendliches Ritual.

Wenn ich mich in der Nacht mal auf die andere Seite umdrehte, kam Pepper sofort hinterhergekrabbelt, aber im rechten Arm wollte er nie schlafen. Stattdessen fand er dort eine andere Schlafposition: Er legte Vorderpfoten und Kopf auch hier auf meine linke Schulter, sodass sein Körper sich wie ein Schal um meinen Hals wickelte. Gar nicht so einfach, mit Katze um den Hals noch zu atmen und zu schlafen. Ich schob ihn also etwas runter, bis ich wieder genug Luft bekam. So durfte er dann liegen bleiben. Meist drehte ich mich aber nach ein paar Minuten wieder um und wir fanden zurück in unsere favorisierte Position.

Es war unbequem, wenn Pepper so auf meinem Hals lag, dennoch vermisste ich es schrecklich, als er in fortgeschrittenem Alter damit aufhörte.

Manchmal schlief er auf dem Kopfkissen. Mit etwas Glück auf dem leeren neben mir. Meist suchte er sich aber natürlich mein Kissen aus, dicht an mein Gesicht gedrängt. Das war wunderschön, ich hörte seinen leisen Herzschlag. Nur, wenn ich mich nachts umdrehte und unversehens sein Fell im Gesicht hatte, war es störend.

Auch mein Venenkeilkissen wurde lange Zeit zum Favoriten. Es bestand aus weichem Schaumstoff. Tagsüber legte ich ihm eine weiche Kuscheldecke darüber, dann schlief er stundenlang in der Kuhle dieses Kissens.

Morgens, wenn ich aufwachte, wurde ich schnurrend begrüßt. Pepper drehte sich in meinem Arm noch mal um, sodass ich seinen Bauch gut kraulen konnte. Ich habe uns jeden Morgen ein paar Kuschel-Minuten erlaubt, bevor ich aufgestanden bin.

Im Nachhinein denke ich, es war eine gute Entscheidung, sie zu Beginn noch nicht ins Schlafzimmer zu lassen, denn gerade in den ersten Jahren, als sie noch jung waren, veranstalteten sie nachts gerne wilde Verfolgungsjagden. Ich möchte mir nicht ausmalen, wie sie ständig über mich und auf mich gesprungen wären, hätten sie die Gelegenheit gehabt. Dennoch, die mit Abstand beste Entscheidung war es, Pepper letzten Endes ins Bett zu lassen. Neben ihm einzuschlafen und neben ihm aufzuwachen, gehört zu meinen schönsten Erinnerungen.

Katzenklo, Katzenklo

Ein solches Kapitel darf man sich wohl nur in einem Katzenbuch erlauben. Aber ja, auch hier gibt es Anekdoten zu berichten, etwa Phoebes Angewohnheit, auf dem Rand des Katzenklos zu balancieren.

Phoebe war sehr reinlich, er mochte Kontakt mit dem Inneren der Kiste gar nicht. Wenn ich sie saubermachte, wartete er schon neben mir, um sofort reinzugehen, sobald ich fertig war. Manchmal schob er sich sogar dazwischen, wenn ich ihm nicht schnell genug war. Er wollte stets als Erster das frische Klo benutzen.

Um unnötigen Kontakt zu vermeiden, trat er nur kurz rein, drehte sich um und stieg zunächst mit den Vorderpfoten auf den Rand des Einstiegs. Danach ging er nacheinander mit den Hinterpfoten ebenfalls auf den Rand. Die Vorderpfoten in der Mitte eng zusammengestellt, rechts und links davon die Hinterpfoten balancierte er auf dem schmalen Rand und schaukelte dabei hin und her, während nur noch der Po in die Kiste ragte. So wurde dann das Geschäft erledigt. Anschließend von außen nur noch eine Vorderpfote reingestreckt zum Verscharren und fertig war das Geschäft.

Ich habe mich immer sehr über diese Marotte amüsiert. Das Katzenklo wäre mehr als groß genug gewesen, aber er wollte partout keinen Kontakt damit. Einmal kam er auf seinem Rand balancierend aus dem Gleichgewicht und das ganze Klo kippte ihm entgegen. Ein Schwall Katzenstreu ergoss sich von oben über sein Hinterteil. Phoebes konsternierten Blick dabei werde ich nie vergessen!

Pepper kapierte leider nie so richtig, wie er seine Hinterlassenschaften verscharren musste. Er scharrte manchmal minutenlang neben oder vor seinem Geschäft und wenn er dann ging, lag die Stinkbombe immer noch offen.

Zahnfleischmassage

Ich weiß gar nicht mehr, wie dieses Ritual entstand. Erzählte die Tierärztin mir zuerst, dass Zahnfleischmassage eine gute Vorbeugung gegen Zahnstein sei, oder hatte ich zu diesem Zeitpunkt bereits damit begonnen?

Auf jeden Fall ergab es sich, dass ich – zunächst bei Phoebe – regelmäßig das Zahnfleisch massierte. Er liebte das! Wenn ich mit Daumen und Zeigefinger von vorne sein Mäulchen kraulte, öffnete er es und ließ sich mit Wonne das Zahnfleisch in leichten Kreisen massieren. Er schloss genüsslich die Augen und schnurrte. Jeder, der das zum ersten Mal sah, musste erst mal herzhaft lachen!

Irgendwann wollte ich also ausprobieren, ob Pepper sich das auch gefallen ließe. Er war nie so begeistert wie Phoebe, ließ es aber geschehen und ja, ich denke er genoss es auch ein wenig. Er wollte allerdings nicht immer mitmachen. Das akzeptierte ich und massierte ihn nur, wenn ihm danach war.

Sachte baute ich dieses Ritual in unsere täglichen Kuscheleinheiten ein und genoss es bald ebenso wie die beiden Fellnasen. Übrigens hatten beide in ihrem ganzen Leben keinen Zahnstein!

Die Kunst des Kuschelns

Pepper saß gerne auf meiner Schulter. Er hatte immer das Bedürfnis, die Nähe zu meinem Gesicht zu suchen. Dabei legte er sich schon mal wie ein Schal in meinen Nacken. Leider hatte er meist die Krallen etwas ausgefahren, um sich festzuhalten. Jahrelang hatte ich zerkratzte Schultern, denn ich konnte es ihm einfach nicht verbieten – zu sehr liebte ich diese Art des Kuschelns.

Schließlich fand ich eine Lösung gegen die zerkratzte Haut. Auf einem Mittelaltermarkt sahen Felix und ich uns Gugeln an – ein mittelalterlicher Überwurf, der die Schultern bedeckt, meist aus recht dickem, stabilem Filz. Felix merkte scherzhaft an: „Das bräuchtest du – eine Katzen-Gugel." Keine schlechte Idee, eigentlich.

Erstmal darauf gekommen, war es schnell umgesetzt. Ich schnitt einer alten Jeans den unteren Teil der Hosenbeine ab sowie den dicken Hosenbund. Meine Mutter setzte mir an den Hosenbeinen einen Druckknopf ein. So konnte ich die alte Jeans über den Rücken werfen und die Hosenbeine rechts und links über die Schulter nach vorne legen, wo ich sie mit dem Druckknopf verschloss.

Fortan hing diese Katzengugel griffbereit über meiner Stuhllehne. Sobald Pepper Anstalten machte, auf meine Schulter zu springen, legte ich sie um. Durch den dicken Jeansstoff machten mir seine Krallen nichts mehr aus und ich konnte diese innigen Kuschelmomente endlich richtig genießen.

Wie Pepper zum Kuscheln auf meine Schulter kam, änderte sich im Laufe der Jahre. Als er noch jung war, schaffte er es aus dem Stand, auf meine Schulter zu springen, wo er mich dann regelrecht umarmte. Eine Pfote auf meiner linken Schulter, eine Pfote auf meiner rechten Schulter und sein Köpfchen schmiegte er ganz fest in meine Halskuhle und schmuste schnurrend mit meinem Gesicht. Dabei rieb er seine Stirn an meiner Wange. Er wollte mir ganz nah sein, versuchte, regelrecht in mich reinzukriechen, immer enger in meine Halskuhle geschmiegt.

Er konnte unglaublich innig schmusen. Sein tiefer Blick ging dabei direkt in meine Seele. Sein Schnurren, laut und durchdringend – ich konnte die ganze Katze vibrieren spüren. Sein kleines Herz pochte deutlich spürbar an meiner Brust – Herz an Herz.

Als er älter wurde, schaffte er es nicht mehr ganz rauf auf meine Schulter, versuchte es aber immer wieder. Ich hob, sobald er abgesprungen war, schnell ein Knie, um seinen Po zu stützen, und half ihm damit das letzte Stück rauf.

In den letzten Monaten kam er nicht mehr hoch genug, um ihm mit dem Knie zu helfen, aber er versuchte es weiterhin. Also bückte ich mich ihm entgegen und fing ihn auf. Beim Versuch, an mir hochzuklettern, verpasste er mir nochmal so manchen Kratzer. Er wollte unbedingt aus eigener Kraft hochkommen!

Ich nahm diese Kratzer gern in Kauf, wollte ich doch dieses Ritual keinesfalls missen. Ein Ritual, das uns tatsächlich die kompletten 19 Jahre miteinander verband. In den letzten Wochen vor seinem Tod machte er das nicht mehr so häufig wie früher, aber ab und zu erlebte ich es auch bis ganz zum Schluss noch. Jedes Mal floss mein Herz über vor Liebe!

Meist krabbelte er aber nur noch vom Sofa aus, wenn ich neben ihm saß, über meinen Schoß nach oben. Auf halber Höhe blickte er mir immer nochmal tief in die Augen, dann stieß er mich liebevoll mit seinem Köpfchen an, bevor er schließlich auf meine rechte Schulter – er ging fast immer nur auf die rechte Schulter – krabbelte. Dort suchte er eine Weile nach einer bequemen Position und schließlich rutschte er mit dem Po nach und schob seine Hinterpfoten unter den Körper. Da konnte ich ihn gut mit einer Hand umfassen und ihm Sicherheit schenken, während die andere Hand zum Streicheln und Kraulen frei war.

Köpfchengeben war eine weitere Spezialität von Pepper. Wenn meine Stirn erreichbar war, stieß er gerne mit dem Kopf dagegen, die

Augen genießerisch geschlossen, leise oder auch laut schnurrend. Manchmal erhob er sich dafür auf die Hinterpfoten, um meine Stirn erreichen zu können. Das machte er auch bei Tierarzt- Besuchen – wohl, um mich davon zu überzeugen: „Komm, lass uns nach Hause gehen, Mama." Seine Stirn an meiner – unbeschreiblich schön. Ich fühlte mich ihm so nah und so geborgen. Und ich fühlte mich geehrt ob dieses Liebesbeweises.

Peppers Stirn war unglaublich zart und seidig. Auch sonst hatte er ein außergewöhnlich weiches Fell – und das bis ins hohe Alter. Selbst seine Tierärzte waren davon stets ganz hingerissen.

Zunge vergessen!

Pepper war leicht ablenkbar. So konnte es passieren, dass er, während er sich gerade hingebungsvoll putzte, plötzlich aufsah, weil etwas seine Aufmerksamkeit erregt hatte. Oft schaute er anschließend mich an, wenn ich in der Nähe war – er putzte sich gerne auf meinem Schoß. Er hatte dabei einen fragenden Gesichtsausdruck aufgesetzt: „Was war das?", und vergaß dabei völlig, seine Zunge wieder einzuziehen. Diese niedliche kleine Marotte begleitete uns über mehrere Jahre hinweg. Ich beobachtete sie ausschließlich bei Pepper, Phoebe machte das nie.

Dabei schaute er zu mir auf, die Zungenspitze lugte noch ganz wenig aus dem Mäulchen heraus. Meist sah die Zunge dabei leicht zusammengerollt aus, manchmal stand sie auch glatt hervor. Er hatte die Zunge tatsächlich regelrecht vergessen, konnte, wenn ich ihn nicht darauf aufmerksam machte, minutenlang so verharren.

Das Ganze ging in der Regel still vor sich, Pepper gab keinen Laut von sich. Nur, wenn die Ablenkung ihn auch erschreckte, stieß er dabei einen kurzen, abgehackten Gurrlaut aus, der irgendwie fragend klang – „Rrruaa?".

Meist stupste ich dann lachend mit einem Finger an seine Zungenspitze und sagte: „Du hast da was vergessen, mein Schatz." Dann – schwupp – verschwand die Zunge schnell wieder im Mäulchen und Pepper erwachte aus seiner Starre.

Als er älter wurde, machte er das seltener und hörte schließlich ganz auf – nicht, weil er sich dann weniger geputzt hätte –, aber er wurde gelassener und ließ sich nicht mehr so schnell ablenken.

Ich werde nie vergessen, wie weich diese zarte kleine Zunge an der Spitze war, ganz anders als die raue Oberseite, die sich regelrecht kratzig anfühlte, wenn Pepper mich „putzte". Das war eher ein Gefühl von Schleifpapier, aber die rosige Zungenspitze, die war ganz weich.

Die Katzenklappe

Nachdem Felix und ich zusammengezogen waren, wollte ich unbedingt eine Katzenklappe in der Balkontür haben. Meine ursprüngliche Idee, eine Katzenklappe in die Glastür einzubauen, setzten wir leider nie um, da die Tür ein Sondermaß hatte und entsprechend teuer gewesen wäre, aber wir bauten eine Fliegengittertür mit Katzenklappe ein.

Dazu kauften wir einen passenden Rahmen und bespannten ihn mit einem speziellen, verstärkten Fliegennetz, extra für Katzen. Ansonsten hätten sie das Netz ruckzuck mit ihren Krallen zerrissen.

Um eine Katzenklappe zu befestigen, baute Felix einen einfachen Holzrahmen in das untere Drittel der Tür. An diesem Holzrahmen schraubte er die Katzenklappe fest. Das Ergebnis sah stabil aus und tatsächlich hielt die Tür viele Jahre lang. So konnten die Katzen zumindest im Sommer jederzeit rein und raus, wie sie wollten.

Nun begann das Projekt „Gewöhnung". Wir statteten uns beide mit reichlich Leckerlis aus und postierten uns vor der Tür. Felix außen, ich innen. In der ersten Phase klebten wir die Klappe oben fest, sodass sie komplett offenblieb und lockten Phoebe ein paarmal hin und her durch die Klappe hindurch. Das funktionierte sehr schnell.

Dann löste ich die Tür und hielt sie nur noch ein Stück weit hoch. Die Skepsis auf Seiten des Katers nahm umgehend zu. Als Phoebe das erste Mal die Plastikklappe auf dem Rücken spürte, legte er den Rückwärtsgang ein und blieb dabei stecken, weil die Klappe blockierte. Aber wir waren ja die ganze Zeit dabei und befreiten ihn sofort. Geduldig wurde weitergeübt, bis Phoebe schließlich den Dreh raushatte und die Klappe selbstständig durchschritt.

Pepper beobachtete erst mal. Das kannten wir ja schon. Wie immer ließ er Phoebe die Lernerfahrung machen. Er konnte warten …

Phoebe probierte derweil eifrig aus, was zu tun sei, um an das ersehnte Leckerli zu kommen. Kaum hatte er das Prinzip begriffen, war

Peppers Aufmerksamkeit erwacht. Jetzt beobachtete er ganz genau und hochkonzentriert. Nach zwei, drei erfolgreichen Durchgängen seines Bruders kam Pepper näher und marschierte, als täte er das bereits sein Leben lang, selbstbewusst durch die Katzenklappe.

Der Anfang war also gemacht. Eine Weile blieben wir noch dabei, um nötigenfalls zu helfen, aber bald schon konnte ich die Balkontür unbesorgt offenstehen lassen, damit die Katzen ungehindert ihrer Wege ziehen konnten. Sie haben diese neue Freiheit geliebt!

Eines Tages im Sommer stand ich morgens auf und wurde sofort stürmisch von meinen beiden Fellnasen begrüßt. Es war herrliches Wetter und die Herrschaften wollten bitte sofort raus in ihr Outdoor-Domizil. Also ging ich, noch im Schlafanzug, brav hinter den beiden her ins Wohnzimmer und öffnete die Balkontür.

Die beiden waren so ungeduldig, dass sie gleichzeitig losstürmten, nebeneinander den Kopf durch die Katzenklappe der Fliegengittertür steckten – und auf dem letzten Drittel nebeneinander in der viel zu schmalen Klappe stecken blieben!

Ich erschrak zu Tode, malte mir die schlimmsten Verletzungen aus und stürzte hinzu, um – wie auch immer – zu helfen. In dem Moment öffnete sich durch das ungestüme Vorwärtsstürmen der beiden die Fliegengittertür aus der Magnethalterung und schwang langsam auf. Von hinten sah ich die beiden Katzenpopos langsam im Halbkreis mit der aufschwingenden Tür entschwinden. Vier Hinterpfoten liefen dabei in der Luft- sie erreichten in dieser Position den Boden nicht mehr- langsam mit. Am Anschlag blieb die Tür stehen. Beherzt liefen die Kater weiter und mit einem sanften „Plopp" lösten sich die eingeklemmten Plüschpopos und schossen gleichzeitig nach vorne aus der Tür heraus.

In dem Moment, als ich realisierte, dass es Phoebe und Pepper gut ging und sich keiner verletzt hatte, wurde mir bewusst, wie unglaublich lustig das ausgesehen hatte, und ich musste laut loslachen.

Ich fing mir dafür einen vorwurfsvollen Blick ein, aber ich konnte gar nicht mehr aufhören, zu lachen. Zum Glück lernten die beiden daraus und gingen künftig brav nacheinander durch. Aber ich muss gestehen: Ich hätte sooo gerne noch eine Chance gehabt, dieses unglaubliche Bild auf Video festzuhalten.

Der schönste Kater der Welt

Es versteht sich von selbst, dass Pepper für mich der schönste Kater der Welt war!

Er hatte eine besonders markante Fellzeichnung. Oft wurde ich gefragt, ob er eine besondere Rassekatze sei. Ich sagte dann immer: „Eine Rassekatze nicht, aber besonders – ja, das ist er!"

Seine Tigermusterung war nicht gerade gestreift, sondern er hatte runde Kringel an den Flanken. Von oben betrachtet hatte er nicht einen breiten, sondern drei schmale Striche am Rückgrat entlang. Wenn ich ihn von oben ansah, sagte ich immer, er sehe aus wie ein kleiner Frischling.

Und er hatte einen wunderschönen Skarabäus auf der Stirn! Getigerte Katzen haben auf der Stirn zwischen den Augen ein Muster, das die meisten Menschen an ein M erinnert, aber oberhalb des M haben manche Katzen einen Skarabäus. Mein erster Tierarzt erzählte mir einmal, in Ägypten bemesse sich der Wert einer Katze daran, wie sehr dieses Muster einem Skarabäus ähnle, und Pepper sei in Ägypten sehr wertvoll. Für mich war er noch wertvoller!

Außerdem hatte er einen kleinen schwarzen Punkt rechts auf dem rosa Näschen. Ich fand diesen Punkt so entzückend. Manchmal konnte ich nicht widerstehen, ihn anzutupsen. Pepper ließ sich gerne zart im Gesicht streicheln. Über das zarte Näschen, aber auch über Augen, Wangen, Stirn. Wenn er in Laune dafür war, durfte ich ihn überall anfassen.

Wenn Pepper schlief, hätte ich stundenlang dieses kleine Gesicht und diesen herzallerliebsten Punkt betrachten können.

Ich weiß nicht mehr, wann mir dieser Punkt das erste Mal auffiel. Fakt ist, er war nicht immer da. Auf frühen Fotos von Peppers Jugend sieht man ihn nicht, auf späteren Bildern ist er hingegen deutlich sichtbar. Ein Leberfleck? Ich weiß es nicht. Manchmal habe ich mich gefragt, ob es ein Vorbote des später vermuteten Nasentumors war, aber das ist laut Tierärztin unwahrscheinlich.

Solche Leberfleckchen auf der Nase, die irgendwann im Laufe eines Lebens auftreten, sind offenbar bei Katzen gar nicht selten. Für mich bleibt es eine liebevolle kleine Erinnerung. Als ich später ein Bild von Pepper malen ließ, bestand ich darauf, diesen kleinen Punkt mit zu verewigen.

Protestpinkeln

Ich weiß, mittlerweile ist die Forschung der Ansicht, es gibt kein Protestpinkeln. Der Eindruck entstand dennoch.

Jahrelang hatten wir Peppers Pinkel-Probleme im Griff. Ich hatte mir angewöhnt, keine Textilien lose herumliegen zu lassen, ansonsten hatte Pepper das Pinkeln auf Gegenstände eingestellt. Aber das Thema sollte uns abermals einholen ...

Eines Tages holte ich für unseren großen Flur einen losen Teppich. Fest verlegter Teppich war nie ein Problem, aber lose Vorleger funktionierten nicht. Ich hatte diese Erfahrung bereits im Badezimmer gemacht. Deshalb verwendete ich jahrelang eine Badezimmermatte aus Holz statt aus Stoff.

Irgendwie reizte es Pepper, sobald er einen Teppich mit den Pfoten zu einem Haufen aufscharren konnte, ähnlich wie bei Handtüchern und Klamotten. Dann musste er einfach drauf pinkeln.

Ich hatte für den Flur einen extra großen und schweren Teppich gekauft, in der Hoffnung, Pepper würde ihn in Ruhe lassen. Gekauft hatte ich ihn sogar den Katzen zuliebe, denn sie rannten gern durch den langen Flur um die Wette und schlitterten am Ende auf dem glatten Laminatboden um die Ecke. Ihre Pfoten fanden auf dem glatten Untergrund keinen Halt, und so rutschten sie häufig gegen die Wand. Ich hatte mir den Teppich als eine Art Stopper vorgestellt. Das funktionierte auch – solange der Teppich da lag. Meist tat er das aber nicht, weil ich ihn fast täglich waschen musste.

Schließlich klebte ich den Teppich mit beidseitigem Klebeband auf dem Boden fest. Das funktionierte auch nicht, denn Pepper kannte diesen Teppich bereits als Pinkelstelle und scharrte und kratzte minutenlang wütend an ihm herum, bis er eine Ecke lösen konnte. Schließlich gab ich es auf. Der Flur musste wieder ohne Teppich auskommen.

Es kam eine Zeit, in der Pepper offensichtlich versuchte, mir mit dem Pinkeln etwas mitzuteilen. Bisher hatte er nur auf weiche, saugfähige Gegenstände gepinkelt. Aber jetzt kam etwas Neues hinzu.

Zu dieser Zeit waren Felix und ich viel unterwegs. Wir hatten mit einem Tanzkurs begonnen, fuhren gemeinsam in den Urlaub und ich musste mindestens einmal monatlich beruflich verreisen. Ich denke, Pepper war zu viel allein und zeigte mir das auf die einzige Art, die ihm zur Verfügung stand.

Als ich eines Nachts aufstand, um ins Bad zu gehen, setzte er sich neben mir in die Badewanne, fixierte mich mit dem Blick und pinkelte in die Wanne. Er starrte mich dabei die ganze Zeit unverwandt an. Das wiederholte sich ein paarmal. Ich war ratlos.

Eines Tages kamen Felix und ich nach einem einwöchigen Urlaub spät nachts nach Hause. Pepper und Phoebe begrüßten uns wie üblich überschwänglich. Felix ging sofort ins Bett. Ich wollte noch kurz mit den Katzen kuscheln, sie wenigstens richtig begrüßen, aber auch ich war hundemüde. So folgte ich ihm bereits nach wenigen Minuten ins Schlafzimmer.

Als ich mich in der Tür noch mal umdrehte, sah ich, wie Pepper mich wieder mit diesem durchdringenden Blick fixierte, langsam sein Hinterteil senkte und direkt vor der Wohnungstür auf den Laminatboden pinkelte.

Das war neu. Nie hatte er auf den Boden gemacht. Hier gab es nichts zu scharren. Die Badewanne war schon merkwürdig, aber das hier fand ich extrem ungewöhnlich.

Ich denke, er protestierte dagegen, dass ich ihn ignorierte und vernachlässigte. Erst ließ ich ihn eine Woche lang allein und dann begrüßte ich ihn noch nicht einmal anständig! Ich hatte es wohl verdient.

Danach folgte eine schwierige Zeit. Ich hatte die Pfütze sofort aufgewischt, sodass kein Schaden entstand, aber Pepper roch es wohl weiterhin, denn künftig pinkelte er immer wieder an diese Stelle, bis schließlich der Laminatboden litt.

Das war der Punkt, an dem ich eine Katzenpsychologin engagierte. Sie nahm eine umfangreiche Anamnese auf, fragte nach körperlichen Beschwerden und nach Peppers Vorgeschichte. Zunächst riet sie mir, eine Katzentoilette an den Ort des Geschehens zu stellen. Ich reinigte den Boden mit einem Enzymreiniger, um den Geruch auch für Katzennasen zu entfernen, platzierte eine Katzentoilette darauf – und siehe da, Pepper nahm sie an. Über Wochen schob ich die Katzentoilette zentimeterweise weiter, bis sie wieder an ihrem angestammten Platz im Gästebad stand.

Felix war wenig begeistert von dieser Aktion. Wochenlang mussten wir im Flur über die Katzentoilette steigen. Aber es funktionierte.

Ansonsten war die Katzenpsychologin der Meinung, Pepper brauche mehr Aufmerksamkeit und mehr Beschäftigung. Nichts, was ich nicht erwartet hätte. Mir war bewusst, dass ich ihn in letzter Zeit vernachlässigt hatte.

Also gab ich mir Mühe, mehr mit ihm zu spielen, wieder häufiger zu klickern und mir abends – egal, wie spät es wurde – immer etwas Zeit für ihn zu nehmen, bevor ich ins Bett ging. Tagsüber befüllte ich ein Fummelbrett für Katzen, aus dem die beiden sich ein wenig Trockenfutter oder Leckerlis fischen konnten. Das hielt sie eine Weile beschäftigt.

Streit löste die Katzenpsychologin mit ihrem Hinweis aus, wir sollten Pepper ins Schlafzimmer lassen. Da er tagsüber bereits lange ohne mich – seine Bezugsperson – auskommen musste, solle er wenigstens nachts meine Nähe spüren.

Ich wollte das gerne umsetzen. Felix war weiterhin dagegen. Wir wurden uns nicht einig. Schließlich gab ich klein bei. Heute bereue ich das.

Es ist so eine wunderschöne Erfahrung, die Katze nachts neben sich schlafen zu lassen – das hätte ich uns beiden schon viel früher erlauben sollen. Aber damit musste Pepper leider noch warten, bis Felix ein paar Jahre später auszog.

Sollten übrigens Vermieter mitlesen: Den Schaden am Laminatboden hat die Haftpflichtversicherung anstandslos übernommen.

Wassermeditation oder eine weitere Tierarztgeschichte

Peppers Wassermeditation – ich nannte es irgendwann spontan so – machte mir lange Zeit Sorgen.

Es begann in fortgeschrittenem Alter; ich glaube, er war so 15 oder 16 Jahre alt, als ich es zum ersten Mal beobachtete.

Zu Beginn saß er einfach vor seinem Wassernapf und starrte hinein. Minutenlang. Irgendwann trank er. Oder auch nicht. Nachdem ich das ein paarmal beobachtet hatte, konsultierte ich die Tierärztin. Sie untersuchte ihn, nahm Blut ab, untersuchte eine Urinprobe. Alles war in Ordnung. Sogar seine Nierenwerte waren trotz des hohen Alters im Normbereich. Irgendwann begann er, in die Badewanne zu hüpfen, wenn sie nass war, und auch dort die Wassertropfen anzustarren. Manchmal leckte er sie vom Wannenrand.

Dann hatte Pepper eine Zeit lang die Angewohnheit, im Waschbecken zu schlafen – vorzugsweise, wenn es nass war. Okay, das machen wohl viele Katzen. Da wollte ich mich nicht weiter verrückt machen, aber diese Wassermeditation, dieses Starren, beunruhigte mich. Er trank nicht mehr als vorher, verbrachte aber viel Zeit vor seinem Napf.

Wieder einmal waren alle Werte unauffällig, dennoch wollte ich nochmals mit ihm in die Praxis, weil mich dieses Verhalten so sehr beunruhigte.

Damals war das Autofahren mit Pepper bereits sehr stressbehaftet. Er hasste es, egal, wie vorsichtig ich fuhr. Ihm wurde schlecht. Er hechelte während der Fahrt mit weit heraushängender Zunge. Und er hatte Angst. Vor dem Autofahren mehr als vor der Tierarztpraxis.

Das Einsteigen in den Transportkorb hatten wir ausgiebig mit dem Klicker geübt. Es funktionierte problemlos. Pepper schlief auch gerne in der Box. Aber er spürte sofort, wenn es ernst wurde und ich mit ihm zur Tierärztin wollte. Dann mobilisierte er alle Kräfte, stemmte sich mit den Pfoten gegen den Rand der Box, um nicht hineinzumüssen, und nahm keinerlei Rücksicht mehr darauf, ob er mich durch seine heftige Gegenwehr kratzte oder nicht. Ich musste ihn immer sehr schnell einpacken, sonst hatte ich keine Chance.

An diesem Tag hatte ich einen entscheidenden Fehler begangen: Ich hatte den Tierarzttermin auf den Abend gelegt. Gestresst kam ich von der Arbeit heim und musste mich beeilen. Pepper spürte meinen Stress sofort und wehrte sich so heftig, dass ich ihn nicht in die Box bekam.

Nach einem minutenlangen Kampf gelang es mir endlich, ihn in die Box zu befördern. Ich war fix und fertig, hatte ein schlechtes Gewissen, ihn so sehr zu stressen, und hätte am liebsten geheult, aber wir mussten los. Also nahm ich die Box und trug sie hinunter in die Garage, wo ich sie ins Auto lud.

Pepper hatte bereits oben in der Wohnung gestresst mit großen Augen in der Transportkiste gesessen und laut und kläglich gemaunzt. Im Auto verstummte das Maunzen plötzlich. Ungewöhnlich. Ich schaute in die Box. Dort sah ich Pepper mit angstvoll aufgerissenen Augen und heftig hechelnd und nach Luft ringend. Der ganze Körper war angespannt. Es ging ihm sichtbar schlecht.

Einen Moment lang zauderte ich. Was sollte ich tun? Schnell losfahren, damit die Tierärztin ihm helfen könnte? Es herrschte Feierabendverkehr. Wir würden mindestens 15 bis 20 Minuten brauchen. Oder ihn rausholen und hoffen, dass er sich beruhigte?

Blitzschnell entschied ich mich, packte die Transportbox und rannte zurück in die Wohnung. Dort stellte ich sie ab und öffnete sofort die Tür. Pepper kam leicht schwankend heraus, sah sich um und maunzte ein paarmal laut und anklagend. Er ging ins Schlafzimmer und legte sich direkt ins Bett, um sich von dem Schreck zu erholen. Innerhalb einiger Minuten beruhigten sich sein hektischer Atem und der rasende Puls. Schließlich schlief er ein, und als er später aufwachte, war er wieder der Alte.

Ich rief in der Praxis an und machte zum ersten Mal einen Termin ohne Pepper. Ich hatte all die merkwürdigen Situationen seiner Wassermeditation gefilmt und wollte sein Verhalten anhand der Videos besprechen.

In der Praxis schaute man erst einmal verwundert, als ich ohne Katze aufkreuzte, aber man gewöhnte sich bald daran. Ich brachte ihn nie mehr dorthin. Die Wassermeditation hielt die Tierärztin für eine Marotte. Ich war etwas ratlos und weiterhin beunruhigt, aber ich konnte nichts tun.

Nach unserem letzten Umzug, in der kleinen Wohnung auf dem Land, wurde es einfacher, denn da bekam Pepper Hausbesuche von meinen Vermietern, Richard und Sabrina – beide Tierärzte. Auch sie befragte ich nach dem Phänomen der Wassermeditation, aber auch die Beiden waren ratlos.

In dieser Wohnung beziehungsweise auf deren Balkon entwickelte Pepper die Angewohnheit, aus der Kuhle einer Sitzbank zu trinken, in der sich Regenwasser sammelte. Selbst bei Nieselregen saß er noch draußen und trank. Irgendwann begann ich, ihm einen Regenschirm aufzustellen. So konnte er auf der Bank sitzen und trinken, ohne von oben nass zu werden.

In einem Online-Katzenforum erzählte ich ebenfalls davon, aber auch hier wurden nur Ideen geäußert, welche wir bereits ausgeschlossen hatten. Am Ende war man auch hier der Meinung: eine Marotte eben.

Noch heute frage ich mich manchmal, was das wirklich war. Er behielt es bis zu seinem Tod bei und ganz am Ende wurde es noch stärker. Ich denke nach wie vor, dass etwas Gesundheitliches dahintersteckte, aber manchmal findet man die Nadel im Heuhaufen einfach nicht.

Noch mehr Tierarztgeschichten – diesmal mit Phoebe

Phoebe musste selten zum Tierarzt. Einmal jährlich brachte ich beide Kater zum obligatorischen Check up – oder wie ich gerne sagte „Katzen-TÜV". Dabei war Phoebe jedes Mal kerngesund. Auch im Alltag fiel nie etwas auf. Nur sein chronischer Katzenschnupfen begleitete ihn jahrelang, aber der wurde zum Glück nie akut.

Einmal musste ich jedoch sonntags mit Phoebe zum Notdienst. Er begann nachts, zu brechen, und hörte nicht mehr auf. Die ganze Nacht hindurch übergab er sich, bis nur noch Galle rauskam. Es ging ihm sichtlich nicht gut, und ich hatte Sorge, er könne dehydrieren.

Also rief ich am Morgen im Notdienst an und fuhr mit Phoebe in die diensthabende Praxis.

Die Tierärztin behandelte gerade einen akuten Notfall, ein großer Hund, der kollabiert war. Sie bereitete ihn für den Transport zur Klinik vor, daher musste ich mit Phoebe zwei Stunden lang im Wartezimmer warten. Phoebe tat mir so leid. Er schluckte die ganze Zeit angestrengt und unterdrückte mühsam ein weiteres Erbrechen. Um nichts auf der Welt hätte er in seine Box gebrochen. Da war er eisern.

Sie legte ihm schließlich einen Tropf gegen die Dehydrierung und gab ihm ein Medikament gegen den Brechreiz. Zur Ursache konnte sie nichts sagen und riet mir, am nächsten Tag meine übliche Praxis aufzusuchen.

Das tat ich, und dort erklärte man mir, dass Phoebe eine Reizung im Rachen habe. Wir fanden heraus, dass das Katzengras schuld war. Phoebe knabberte gern Katzengras und ich kaufte regelmäßig verschiedene Sorten im Zoofachhandel. Ich lernte, dass die meisten Sorten scharfkantig sind und kleine Verletzungen in der Speiseröhre verursachen können.

Phoebe erholte sich schnell und fortan kaufte ich kein Katzengras mehr, sondern säte stattdessen normale Rasensaat. Damit kamen wir gut zurecht.

Lange Zeit brauchte Phoebe keine Behandlungen mehr, bis es ihm eines Tages akut schlecht ging. Es war Ostern im Jahr 2017, als Phoebe mir zum ersten Mal so richtig Kummer machte. Am Ostersamstag – die Sonne strahlte und ich putzte gerade die Wohnung, während Felix den Balkon saubermachte – lag Phoebe träge auf dem Sofa. Wir freuten uns auf ein langes freies Wochenende. Ausnahmsweise musste ich heute nicht arbeiten.

Ich wollte das Sofa abwischen und bat Phoebe mit leichtem Schieben, ein Stück zu rücken. Normalerweise reagierte Phoebe auf solche Bitten, aber diesmal kam keine Reaktion. Er rührte sich nicht, hob nicht einmal den Kopf. Ich wunderte mich – so kannte ich meinen Dicken gar nicht.

Ich schob noch mal. Wieder keine Reaktion. Meine Intuition war geweckt. Probehalber nahm ich Phoebe hoch und setzte ihn wieder ab. Normalerweise hätte er sich jetzt beleidigt getrollt, aber Phoebe sackte regelrecht in sich zusammen und lag wieder flach auf dem Sofa. Ich nahm ihn abermals hoch und setzte ihn auf den Boden.

Das gleiche Bild: zusammensacken und liegen bleiben. Kein Versuch, zurück aufs Sofa zu hüpfen. Jetzt schrillten meine Alarmglocken laut. Ein Blick auf die Uhr: Die Samstagssprechstunde war noch eine Stunde lang geöffnet.

„Felix, ich fahr zur Tierärztin. Mit Phoebe stimmt was nicht." Ein etwas genervtes „Okay" antwortete mir vom Balkon aus.

Ein wenig hatte ich gehofft, er würde mich begleiten und mir Beistand leisten, aber er war wohl der Meinung, ich übertreibe mal wieder. Ich hatte tatsächlich ein schlechtes Gewissen, unseren freien Samstag zu unterbrechen, dennoch vertraute ich meiner Intuition und rief in der Praxis an.

Kurz vor dem Ende der Sprechstunde war ich in der Praxis. Phoebe hatte sich widerstandslos in die Transportbox verfrachten lassen. Noch mehr Alarm in meinem Kopf!

Eine neue Tierärztin, die wir noch nicht kannten, hatte Wochenenddienst und untersuchte Phoebe eingehend. Zwischendurch mussten wir noch mal ins Wartezimmer, bis die Blutergebnisse vorlagen. Schließlich diagnostizierte sie eine akute Bauchspeicheldrüsenentzündung. Zum Glück waren wir gleich gekommen.

Phoebe bekam Medikamente und über die Feiertage musste ich täglich mit ihm zur Kontrolle. Zu meiner Erleichterung schlug die Medikation gut an und es ging ihm sehr schnell besser. Er bekam von da an Pankreasenzyme ins Futter.

Nach den Feiertagen war ich zu einer Kontrolle mit Phoebe bei unserer Stamm-Tierärztin. Nachdem sie in all den Jahren bei keiner unserer Kontrollen etwas Auffälliges bei Phoebe entdeckt hatte, hörte sie diesmal ein Herzgeräusch. Sie empfahl eine Sonographie.

Gesagt, getan – wir vereinbarten einen Termin, und zum ersten Mal musste dafür auch Phoebes Bauch geschoren werden.

Leider war Phoebe bei der ganzen Prozedur weder so vertrauensvoll noch so geduldig wie Pepper. Als er auf den Rücken gelegt wurde, bekam er Panik. Er schrie, riss die Augen weit auf. Zwei Helfer mussten ihn festhalten.

Mir brach das Herz. Ich redete mit ihm, streichelte ihn und bat die Tierärztin, sich zu beeilen. Als es mir zu lange dauerte, brach ich ab. Ich hatte Angst, Phoebe könne vor Panik einen Herzinfarkt erleiden. Sobald er losgelassen wurde, verkroch Phoebe sich verängstigt in der Transportbox und ich schwor mir, ihm das nie wieder anzutun.

Da sieht man, wie unterschiedlich Katzen und die Erfahrungen mit ihnen sein können.

Das Resultat der Tortur war: Phoebe hatte die gleiche Herzschwäche entwickelt, unter der sein Bruder schon von klein auf litt. Fortan bekam also auch Phoebe Betablocker.

Ich dachte, wir bekämen das ebenso gut in den Griff wie bei Pepper. Leider hielt meine Zuversicht nicht lange …

Abschied von Phoebe

Nach Ostern ging es Phoebe wieder gut, aber es fiel mir schwer, ihn mit ausreichend Bauchspeicheldrüsenenzymen zu versorgen, da er sie schlecht fraß. Und auch die Betablocker funktionierten bei ihm nicht halb so gut wie bei Pepper. Natürlich freute er sich über das tägliche Leckerli. Leider war er aber sehr pfiffig und geschickt darin, den Leckerbissen drumherum abzulutschen und die Tablette zum Schluss auszuspucken.

Ich ließ mir einiges einfallen, lief ihm morgens oft lange hinterher, damit er seine Tablette nahm. Wir gewöhnten uns allmählich an den neuen Ablauf. Phoebe nahm seine Tabletten jedoch nicht täglich. Ab und zu fand ich erst später irgendwo die ausgespuckte Tablette. Dennoch schien es ihm gut zu gehen. Immer war Pepper mein Sorgenkind gewesen. Phoebe kannte ich doch nur gesund und munter.

Bis zum 17.12.2017 – es war der dritte Adventssamstag. Mein letztes Jahr im Buchhandel. Ein halbes Jahr später sollte ich in einen bedeutend weniger stressigen Bürojob in der Nähe wechseln und viel mehr Zeit haben, aber das sollte Phoebe nicht mehr erleben …

Ich hatte Frühschicht und musste zeitig los. Phoebe wollte morgens wie üblich beim Frühstück ausgiebig kuscheln, aber ich hatte nicht so viel Zeit. Noch heute tut es mir leid, dass ich ihn schließlich gegen seinen leisen Protest von meinem Schoß runter auf den Boden setzte, um zum Zug zu eilen. Seinen enttäuschten Blick an diesem Morgen wurde ich lange nicht los. Würde man in solchen Momenten ahnen, dass es das letzte Mal ist …

Nach einem langen und stressigen Adventssamstag in der Buchhandlung kam ich abends müde, erschöpft und hungrig nach Hause. Ich freute mich auf das Abendessen mit Felix und einen gemütlichen Abend mit den Katzen auf dem Schoß.

Unsere Wohnungstür hatte damals einen Glaseinsatz. Wenn ich heimkam, konnte ich schon von außen die beiden Katzen hinter der

Tür sitzen sehen, wo sie mich laut maunzend erwarteten. Heute sah ich nur Pepper hinter der Tür sitzen. Ich dachte mir nicht viel dabei. Phoebe würde bestimmt gleich angelaufen kommen.

Ich betrat die Wohnung und wurde überschwänglich wie immer von Pepper begrüßt. Ich nahm ihn hoch und streichelte sein zartes Köpfchen. „Wo ist denn dein Bruder? Hat er mich nicht gehört?" Mein Freund kam aus dem Wohnzimmer und begrüßte mich, aber immer noch kein Zeichen von Kater Nummer zwei. Eine leise Unruhe kam in mir auf. „Wo ist Phoebe? Weißt Du das?"

„Nein", sagte er, „vor einer Stunde habe ich die zwei vom Balkon reingeholt. Seither hab ich sie nicht gesehen."

„Phoebe!" Ich rief ihn laut, setzte Pepper auf dem Boden ab und begann, die Wohnung zu durchsuchen. Vielleicht war er versehentlich irgendwo eingesperrt worden. Wäre ja nicht das erste Mal gewesen.

Wir fanden ihn nicht. Er war nicht in der Küche eingesperrt oder auf dem Balkon ausgesperrt. Unter dem Bett war er nicht. Unter dem Sofa auch nicht.

Plötzlich rief Felix: „Ich hab ihn!" Er sah gerade hinter das Sofa. Mir entfuhr ein erleichtertes „Gott sei Dank!" Doch im nächsten Moment sagte er in beunruhigendem Tonfall: „Oh Gott, Phoebe, was ist mit dir?"

Ich kann die Alarmglocken in meinem Kopf gar nicht beschreiben. Blitzschnell war ich auf den Beinen und eilte zu meinem Freund. Als ich Phoebe reglos auf der Seite liegen sah, stieß ich Felix zur Seite und eilte zu Phoebe. Ich fiel vor ihm auf die Knie und fasste ihn an. Er war warm und weich, aber er zeigte keinerlei Lebenszeichen.

Ich schluchzte: „Ich glaube, er ist tot", und hob ihn auf. Sein Köpfchen fiel sofort zur Seite. Keinerlei Muskelkraft war mehr in ihm. Ich legte ihn aufs Sofa und versuchte festzustellen, ob er noch atmete. Panik ergriff mich. Was, wenn er noch lebt, und ich merke es nicht?

Panisch stieß ich hervor: „Wir fahren trotzdem in die Praxis; zieh dir sofort Schuhe an!"

Ich holte die Transportbox und legte Phoebe vorsichtig hinein. Gleichzeitig versuchte ich, die Tierarztpraxis anzurufen. Keiner ging ran. Klar, die Sprechstunde war lange vorbei. Aber es gab ein Notfallhandy. Warum fand ich die Nummer nicht in meinem Telefon? Verdammt! Hatte ich die nie abgespeichert?

„Alles wird gut, Schatz. Wir sind gleich beim Tierarzt", murmelte ich zu Phoebe in der Box und rief zu Felix: „Wo bleibst du?!" Er wollte sich noch umziehen. War das zu fassen? Ich schrie ihn an: „Es geht hier um Sekunden! Schuhe an und los. Sofort!"

Er gehorchte. Ich weiß, dass es ihm in dieser Situation auch nicht gut ging. Er machte sich Vorwürfe, fürchtete, er könnte etwas falsch gemacht haben und schuld sein. Später sprachen wir in Ruhe darüber. In diesem Moment wollte ich aber nur, dass er verdammt noch mal funktionierte und mich und Phoebe rettete. Pepper blieb während der ganzen Zeit still auf Abstand. Ich war froh darum, brauchte ich doch jetzt all meine Kraft für Phoebe.

Wir fuhren los und unterwegs versuchte ich hektisch weiter, jemanden zu erreichen, während ich Phoebe mit einer Hand streichelte und ihm gut zuredete. Endlich, kurz vor dem Ziel, erreichte ich das Notfallhandy. Ich weiß nicht mehr, was ich sagte. Aber ich erinnere mich, dass die Sprechstundenhilfe am Apparat noch sagte: „Sie müssen vorher anrufen. Sie können nicht einfach kommen. Es ist schließlich nicht immer jemand da."

Ich schrie: „Ich weiß, aber er stirbt gerade!" „Okay. Kommen Sie."

Als wir da waren, gingen wir sofort ins Behandlungszimmer durch und einen Moment später kam unsere Tierärztin in den Raum. Ich schluchzte noch tränenerstickt: „Ich glaube, es ist zu spät."

Sie erfasste die Situation sofort, hielt sich nicht mit einem Gruß auf, sondern hob Phoebe ohne Umschweife aus der Transportbox und legte ihn auf den Behandlungstisch. Sie hörte ihn ab, sah seine Schleimhäute an. Sekunden später – es fühlte sich an wie Stunden – sah sie mich an. Mit einem Blick; ich wusste sofort: Ja, es war zu spät.

„Seine Schleimhäute sind schon blau. Er hat keinen Puls mehr. Tut mir leid."

Etwas in mir zerbrach. Es ist mehr als sieben Jahre her, während ich diese Zeilen schreibe, dennoch laufen jetzt wieder Tränen. Es tut noch immer weh.

Ich weiß noch, wie sie fragte, ob ich eine Obduktion haben wolle, um die Todesursache zu erfahren. Ich sagte: „Das hilft ihm jetzt auch nicht mehr."

Sie nickte verständnisvoll und fragte einfühlsam: „Wissen Sie schon, was Sie mit ihm machen wollen?"

„Ich möchte ihn einäschern lassen."

„Wir können ihn dafür dabehalten. Ich habe einen Schlüssel für die Tiefkühltruhe des Tierbestatters gegenüber. Er ruft Sie dann morgen an"

In der Tiefkühltruhe- eine grauenvolle Vorstellung, aber was wäre die Alternative? Das Krematorium würde ihn morgen abholen und mich anrufen, damit ich mich für eine Urne entscheiden könnte. Ich stimmte zu und durfte mich anschließend noch in Ruhe verabschieden.

Als wir hinausgingen, wollte ich gewohnheitsmäßig bezahlen. Sie winkte ab, sprach mir ihr Beileid aus und meinte: „Heute berechnen wir nichts." Auch sie war sehr betroffen.

Ich schaffte es noch, mich zu bedanken und die Praxis zu verlassen. Draußen brach ich weinend in den Armen meines Freundes zusammen. Wir zwei hatten so einige Krisen in der letzten Zeit gehabt, aber in diesem Moment war ich sehr dankbar, ihn zu haben.

Zu Hause begrüßte Pepper mich sehnsüchtig. Ich glaube, er wusste, was passiert war, vielleicht war er dabei gewesen, denn im Gegensatz zu der Situation vor vielen Jahren, als Phoebe in der Praxis hatte übernachten müssen, suchte er seinen Bruder diesmal nicht. Dennoch war er unruhig und anhänglich. In der Nacht schlief ich bei ihm im Gästebett. Ich brauchte seine Nähe wohl genauso wie er meine.

Trauer

Phoebes Tod war ein Schock für mich. Er war doch immer der Gesunde und Robuste gewesen. Pepper war doch mein Sorgenkind. Niemals hätte ich erwartet, dass Phoebe so früh gehen müsste. Ich war noch nicht bereit dafür. Aber das ist man in Wirklichkeit wohl niemals.

Auch Pepper trauerte auf seine Art: Er wurde sehr anhänglich, folgte mir auf Schritt und Tritt. Er wollte nachts nicht allein schlafen. Wie gerne hätte ich ihn zu mir ins Bett gelassen, aber wieder machte mir Felix einen Strich durch die Rechnung. Schließlich teilten wir uns die Wohnung, also gab ich nach. Eine Zeit lang schlief ich bei Pepper im Gästebett, versuchte dann, allmählich diese Zeiten zu reduzieren und ihn nachts allein zu lassen, damit ich wieder in meinem eigenen Bett schlafen konnte. Das Gästebett tat meinem Rücken nicht gut.

In den ersten beiden Wochen ohne Phoebe brachten diese gemeinsamen Kuschelnächte uns beiden viel Trost und stärkten unsere Bindung für die kommenden Jahre ungemein. Wir trösteten uns gegenseitig.

Felix sein Bestes, aber er konnte meinen Schmerz nie so richtig nachvollziehen. Pepper gab mir den Trost, den ich brauchte.

Ich dachte lange darüber nach, ob ich eine neue Zweitkatze holen sollte, damit Pepper tagsüber nicht mehr allein war. Im Internet sah ich mich nach „Notfellchen" um, die zur Adoption standen, und verliebte mich auch direkt, aber ich war unsicher. Was wäre das Richtige für Pepper?

Ich fragte die Tierpsychologin um Rat, die mich zuvor zu Peppers Pinkel-Problem beraten hatte. Sie war klar der Meinung, ich solle es lassen. Pepper war so stark auf mich fixiert und tendierte so stark zur Eifersucht, dass – so die Tierpsychologin – eine zweite Katze für ihn mehr Stress bedeute als die Alternative. Sie war überzeugt, Pepper wäre am glücklichsten, wenn er mich so viel wie möglich um sich hätte.

„Schenken Sie ihm mehr Aufmerksamkeit und mehr Zeit. Damit tun Sie ihm den größten Gefallen. Alles, was er will, sind Sie." Keine leichte Aufgabe, wenn man berufstätig ist, aber ich wollte es versuchen.

Auch die Tierärztin, die Pepper von klein auf kannte, riet mir aus denselben Gründen von einer Zweitkatze ab.

So beschloss ich, Pepper allein zu lassen. Tatsächlich hätte ich zu diesem Zeitpunkt auch nicht geahnt, dass er noch so lange leben würde. Obwohl er zu dem Zeitpunkt topfit war, glaubte ich aufgrund seiner vielen Diagnosen und der prognostizierten kurzen Lebenserwartung, es gehe höchstens noch um zwei, drei Jahre. Tatsächlich sollte er noch mehr als sechs Jahre bei mir bleiben.

Nach Phoebes Tod vermied Pepper konsequent die Liegeplätze, die er früher gemeinsam mit seinem Bruder aufgesucht hatte. Körbchen, Heizungsliegen und Kissen, auf denen sie sich gerne zusammengekuschelt hatten, wurden ab sofort verschmäht. Er lag nur noch auf dem Sofa und der Fensterbank. Ich dachte immer, das würde sich irgendwann geben, aber Jahre später, als er diese Plätze immer noch mied, spendete ich Heizungsliegen und Körbchen dem Tierheim.

In der ersten Zeit bildete ich mir manchmal ein, das Klacken von Phoebes Krallen auf dem Boden zu hören. Dieses Klacken war typisch für Phoebe: Egal, wie kurz seine Krallen waren, er klackte immer beim Laufen. Pepper hingegen lief lautlos. Ich schreckte in dieser Zeit einige Male hoch, weil mein Gehirn mir vorgaukelte, Phoebe zu hören. Ein Phänomen, das viele Trauernde kennen. Damals war mir das noch nicht bewusst.

Ein weiteres Erlebnis, das ich besonders faszinierend fand, war, dass Pepper irgendwann begann, Phoebes Laute zu imitieren: Das lautlose Maunzen, das ich bisher nur von Phoebe kannte, zeigte nun plötzlich auch Pepper. Außerdem begann er, zu jaulen, wie Phoebe es früher immer an der Garderobe getan hatte. Beim ersten Mal erschrak ich fürchterlich, weil ich kurz meinte, Phoebe zu hören.

Diese Phase hielt einige Monate an. Danach stellte er das Jaulen wieder ein und kehrte zu seinem alten Repertoire zurück, das er noch einige Jahre so beibehalten sollte. Lediglich das lautlose Maunzen zeigte er bis zum Schluss, als er bereits kaum noch Laute von sich gab.

Bereits seit unserem Einzug interessierte Pepper sich sehr für den Nachbarskater Hubert, der als Freigänger regelmäßig um unseren Balkon herumstrich. Nachdem Pepper allein zurückgeblieben war, maunzte er immer laut, wenn er diesen Kater sah. Hubert kletterte mit Vorliebe auf den Baum vor unserem Balkon.

Pepper war dann ganz aufgeregt, plusterte seinen Schwanz ganz dick zum Eichhörnchen Schwanz auf und maunzte laut. Es tat mir sehr leid, dass ich ihn nicht zu seinem Katzenkumpel lassen konnte.

Leider war Hubert ein sehr dominanter Kater. Begegnete er Pepper am Balkongitter oder an der verglasten Haustür, schlug er fauchend mit den Pfoten dagegen und machte unmissverständlich klar, dass er Pepper verprügeln würde, sollte er ihn jemals zwischen die Pfoten bekommen. Obwohl diese Begegnungen mit Hubert in mir den Eindruck erweckten, dass Pepper gerne Kontakt gehabt hätte, glaube ich weiterhin, dass es gut war, keine neue Zweitkatze dazugeholt zu haben. Pepper war zu unsicher und zudem zu stark auf mich fixiert. Ich hätte mir nur oft gewünscht, ich hätte mehr Zeit für Pepper gehabt.

Noch ein Abschied- Felix zieht aus

Jahrelang glaubte ich, Felix und meine Katzen hätten einen guten Draht zueinander.

Dennoch blieb ihre Beziehung immer ein wenig speziell. Wenn wir zusammen in der Wohnung waren, funktionierte alles prächtig: Beide Katzen akzeptierten Felix und kuschelten auch mit ihm. Er spielte mit ihnen und hatte offensichtlich auch Freude daran. Aber er erzählte mir oft, das sei nur so, wenn ich dabei war. Sobald ich die Wohnung verließ, so Felix, „schauen die mich nicht mit dem Arsch an". Ich konnte mir das kaum vorstellen, denn, wenn ich da war, wirkten sie so harmonisch.

Felix mochte Tiere, war aber kein ausgesprochener Tierfreund. Ich hatte mir immer gewünscht, jemanden zu haben, der nicht nur mich, sondern auch die Katzen unterstützt; der Verantwortung übernimmt und sie ebenso liebt wie ich.

Mein Herz ging auf, als ich ihn einmal „unsere Katzen" sagen hörte, Aber leider war das nicht wirklich, was er fühlte, denn sobald es darum ging, zur Tierarztpraxis zu fahren, das Katzenklo sauber zu machen oder die Rechnungen zu bezahlen, waren es immer – die ganzen elf Jahre hindurch – meine Katzen.

Damit konnte ich leben. Ich hatte die Katzen in mein Leben geholt. Ich trug die Verantwortung. Ich war zwar schon ein wenig enttäuscht, hatte ich doch gehofft, ein echtes gemeinsames Leben aufzubauen – und da gehörten die Katzen für mich eben dazu – aber ich nahm es Felix nie übel. Dennoch hätte es mir schon früher zu denken geben müssen. Wir passten einfach nicht zusammen.

Er hatte mir einmal vorgeworfen, ich würde die Katzen mehr lieben als ihn. Heute muss ich zugeben: Er hatte recht. So kam es schließlich, wie es kommen musste. Gründe gab es viele. Nach unzähligen Beziehungskrisen zog Felix an einem Freitagmittag Knall auf Fall aus.

Zu diesem Zeitpunkt war Pepper etwa 15, Phoebe war bereits über die Regenbogenbrücke gegangen. Pepper bewies wieder einmal seine großen Seelentröster-Qualitäten und ließ zu, dass ich stundenlang in sein Fell weinte. Ich war dieser wundervollen Seele so dankbar.

In den folgenden Jahren entwickelten wir eine noch innigere Beziehung zueinander. Wir wurden zu einem eigenen kleinen Mikrokosmos. Wir gegen den Rest der Welt.

„Zwei Herzen – eine Seele", sagte einmal jemand zu mir.

Die unsichtbare Katze

Pepper war ungemein scheu gegenüber Fremden. Die Vorbesitzerin Nicole hatte mir bereits erzählt, dass er bei ihr im ersten halben Jahr praktisch unter dem Sofa gewohnt habe, bevor er herauskam und zumindest ihr Vertrauen schenkte.

Im Tierheim machten die Mitarbeiter ebenfalls die Erfahrung, dass er sich versteckte und nicht gern anfassen ließ.

Erst bei mir taute er auf und wurde zum Schmusekater. Ich weiß nicht so genau, was es war, was mich und Pepper vom ersten Moment an so stark verband, aber ich glaube heute, wir waren – und sind es über den Tod hinaus – verwandte Seelen. Wir beide waren immer schüchtern, vorsichtig, eher ängstlich. Zugleich aber auch neugierig und bereit, uns unseren Ängsten zu stellen. Wenn wir etwas wollten, haben wir immer dafür gekämpft und den nötigen Mut bewiesen!

Ich denke, er war ebenso hochsensitiv, wie ich es bin. Hochsensitivität kann sehr anstrengend sein – unsere feinen Antennen fangen jede Stimmung auf, registrieren potenzielle Gefahren und versetzen unsereins in ständige Alarmbereitschaft.

Die schöne Seite der Hochsensitivität ist der Genuss. Wir nehmen jegliche Gefühle besonders stark wahr – negative ebenso wie positive. Dieses Phänomen beobachte ich bei mir schon sehr lange. Aber auch bei Pepper hatte ich zeit seines Lebens diesen Eindruck. Vielleicht hatten wir deshalb von Anfang an diese besonders starke und innige Bindung zueinander. Als er damals zu mir kam, schien er zu sagen: *„Du gefällst mir. Dich nehm ich."*

Wir waren sehr schnell ein eingeschworenes Team. Besucher allerdings bekamen ihn nie zu Gesicht. Sobald es an der Tür klingelte, wetzten die beiden ohnehin sofort in ein Versteck, wegen ihrer Angst vor der Klingel. Phoebe allerdings kam immer recht schnell wieder zum Vorschein, während Pepper in seinem Versteck blieb, bis alle gegangen waren. Er hatte feine Antennen dafür. Sobald der letzte

Besucher zur Wohnungstür raus war, tauchte Pepper hinter mir auf und war wieder ganz der Alte.

In meiner ersten Wohnung hatte Pepper noch ein gutes Versteck unter dem Schlafsofa, aber in der zweiten, gemeinsamen Wohnung hatten wir ein offenes Sofa. Felix baute darunter einen Schubkasten aus Holz mit einem runden Einstiegsloch für Pepper. In den Schubkasten legte ich eine weiche Decke. So hatte Pepper wieder ein sicheres Versteck.

Später zog er das Gästebett als Versteck vor und bekam auch dort eine Höhle unter dem Bett zum Verstecken. Der Vorteil hier war, dass ich, wenn Besuch länger bleiben wollte, Katzenklo, Futter und Wasser ins Gästezimmer stellen konnte, denn ich hatte beobachtet, wie Pepper einmal, nachdem der Besuch länger dageblieben war, im Eiltempo zum Katzenklo flitzte, um sich zu erleichtern. Das tat mir so leid. Da Felix' Freunde uns zu dieser Zeit gerne mal länger besuchten, richteten wir Pepper einen Rückzugsort in diesem Raum ein. Es wurde im Laufe der Jahre mehr und mehr zum Katzenzimmer.

Die einzigen Menschen, die Pepper je zu Gesicht bekamen, waren Felix – der ja zeitweise bei uns wohnte – und die wenigen Catsitter, die Phoebe und Pepper während meiner Reisen versorgten, allen voran meine Mutter.

Ich hörte von einigen Freunden den Verdacht, ich hätte in Wirklichkeit nur eine Katze – Phoebe, der sich Besuchern durchaus zeigte, wenn auch eher vorsichtig und zurückhaltend. Die zweite Katze sei doch erfunden. Sie nannten Pepper daher immer „die unsichtbare Katze" …

Interessanterweise verschwand diese Scheu schlagartig nach Felix' Auszug. Ich hatte nie wahrgenommen, dass Pepper ein Problem mit Felix gehabt hätte, auch wenn ihr Verhältnis wohl immer etwas distanziert war.

Nach der Trennung renovierte ich die Wohnung und räumte um. Mein Nachbar und meine Brüder halfen mir dabei ein paarmal und sahen dabei zum ersten Mal Pepper.

Mein Nachbar fragte sogar, ob ich eine neue Katze hätte, die hätte er noch nie gesehen. Da fiel mir auf, dass das stimmte, denn bisher hatte Pepper sich ja immer vor Besuch versteckt. Aber plötzlich kam er aus seinem Unterschlupf und zeigte sich. Bereits beim nächsten Besuch ließ er sich sogar vom Nachbarn streicheln!

Ich habe nie verstanden, woran es lag, aber sofort nach Felix' Auszug legte Pepper seine jahrelange Scheu vor Fremden ab und zeigte sich Besuchern. Von Mal zu Mal wurde er mutiger und ließ sich schließlich sogar von wildfremden Menschen bei deren erstem Besuch streicheln.

Tatsächlich blühte Pepper noch mal so richtig auf – vielleicht einfach, weil er mich endlich ganz für sich hatte. Ich weiß es nicht.

In seinen Seniorenzeiten in unserer letzten gemeinsamen Wohnung kam er zu jedem Besucher sofort hin und strich ihm um die Füße. Einmal durfte ich sogar erleben, wie er auf dem Sofa zwischen zwei Freundinnen Platz nahm und sich von beiden schnurrend kraulen ließ.

Er schien Scheu und Misstrauen vollständig abgelegt zu haben.

Homeoffice

Im Jahr von Phoebes Tod begann eine Welle von Abschieden für mich.

Es begann bereits, ein paar Monate bevor er über die Regenbogenbrücke ging, damit, dass ich meinen Wallach Sueño verkaufen musste. Dieser Schritt fiel mir nicht leicht, schien mir damals aber unvermeidlich, nachdem wir nach einem schweren Unfall beide das Vertrauen zueinander verloren hatten. Ich hatte Kontakt zu ihm, bis mich Jahre später die Nachricht von seinem Tod erreichte.

Kurz vor Weihnachten 2017 dann Phoebes Tod. 2019 zog Felix schließlich aus. Ein Abschied nach elf Jahren, der mir ebenfalls schwerfiel.

Ein halbes Jahr später begann die Zeit der Corona-Pandemie. Im Februar war ich erkältet und eine Woche krankgeschrieben. Die Firma rief an und bat mich, noch ein paar Tage daheimzubleiben. Man sei dabei, sich auf die Pandemie einzustellen

Als ich ein paar Tage später wieder zur Arbeit erschien, wurde mir ein nagelneuer Laptop ausgehändigt, und ich wurde damit umgehend wieder nach Hause geschickt. Am Nachmittag richtete ich mit Hilfe des IT-Supports alles ein und konnte von nun an zu Hause arbeiten.

Die Firma war sehr vorsichtig; als im März der erste Lockdown kam, zogen viele weitere Firmen nach. Bei uns durften nur noch Mitarbeiter ins Büro, für deren Arbeit die Anwesenheit unbedingt erforderlich war.

Mir war es für fast vier Monate verboten, das Gebäude zu betreten. 100% Homeoffice während eines Lockdowns, wenn man allein lebt – das klingt sehr einsam und furchtbar. Tatsächlich war es für mich persönlich eine wundervolle Zeit, die zwar durchaus ihre Tiefen hatte, aber sie hatte auch viele Vorteile für mich und Pepper.

Ich richtete mir eine feste Routine ein. Jeden Morgen zur gleichen Zeit stand ich auf, frühstückte und ging dann an die Arbeit. Gearbeitet wurde nur im Gästezimmer, das ich nach Feierabend verließ.

Für Pepper war es eine großartige Zeit! Ich war den ganzen Tag zu Hause. Während der Arbeit leistete er mir Gesellschaft. Manchmal lag er den ganzen Tag auf dem Fensterbrett direkt neben meinem Schreibtisch in der Sonne. Ab und zu holte er sich eine kurze Streicheleinheit ab, dann schlief er weiter.

Es war schön, während Meetings nebenher die Katze zu kraulen, ihn zwischendurch auf dem Schoß liegen zu haben.

Er konnte sich den ganzen Tag auf dem Balkon beschäftigen, da ich ihm jederzeit die Tür aufmachen konnte und in der Mittagspause saßen wir zusammen draußen, spielten ein wenig und aßen etwas. Abends ging ich dann guten Gewissens raus, und wenn ich wiederkam, kuschelten wir noch auf dem Sofa.

Der Frühling kam und so wurden die Einschränkungen des Lockdowns erträglicher. Ich verabredete mich mit Freunden für Outdoor-Unternehmungen. Jedes Wochenende gingen wir zu zweit wandern oder übten Line Dance auf leeren Parkplätzen oder im Garten.

Ich hatte damals zwei Reitbeteiligungen und verbrachte häufig die Mittagspause oder den Feierabend im Stall. Manchmal radelte ich spontan in der Mittagspause zum See und schwamm eine Runde.

All das war plötzlich ganz entspannt. Ich musste kein schlechtes Gewissen mehr haben, wenn ich abends ausging. Pepper kam tagsüber bereits auf seine Kosten.

Natürlich war ich froh, als die Kontaktbeschränkungen gelockert wurden, und nach dem dritten Lockdown hatte auch ich die Nase voll, aber ich konnte aus der Situation auch viel Positives ziehen. vor Allem für Pepper freut es mich, dass wir diese gemeinsame Zeit hatten. Er wirkte so zufrieden damals.

Nach der ersten Zeit, in der ich die Firma nicht betreten durfte, folgte eine Übergangszeit, in der ich das Büro im Wechsel mit meinem Kollegen nutzen durfte. Einer von uns war also immer im

Homeoffice. Zeitweise hatten wir damals auch noch eine Vier-Tage-Woche durch Kurzarbeit. Zusätzliche Qualitätszeit für Pepper.

Nach der Zeit der Lockdowns, als alles sich normalisierte, durften wir glücklicherweise dauerhaft weiter einen Teil unserer Arbeitszeit im Homeoffice verbringen. Darüber war ich sehr froh, denn ich hätte Pepper diesen Luxus nicht mehr nehmen wollen. Meist verteilte ich die Homeoffice-Zeit stundenweise und verbrachte halbe Tage zu Hause. Im Hochsommer konnte ich so morgens die frische Morgenluft in die Wohnung lassen. Wenn die Sonne dann ums Haus wanderte, machte ich alles zu und ging ins Büro. Pepper konnte dadurch am Morgen den Balkon bei angenehmen Temperaturen genießen und in der Wohnung blieb es bis zum Abend erträglich. Wir hatten in dieser Zeit einige Hitzewellen und Pepper reagierte immer empfindlicher auf extreme Hitze. Homeoffice kam also zur richtigen Zeit für uns.

Seine letzten Lebensmonate hätte ich ohne flexible Arbeitszeiten und Arbeiten von zu Hause aus nur schwer bewältigen können. Wenn es Pepper nicht gut ging, blieb ich spontan zu Hause oder kam deutlich früher heim. Ich war sehr dankbar für diese Möglichkeit.

Auf dem Land

Es sollte Peppers letzter Umzug sein. Ich hätte ihm den Stress gerne erspart. Vor dem eigentlichen Umzug hatte ich große Angst, da Pepper seit seiner Panikattacke zwei Jahre zuvor nicht mehr Auto gefahren war. Ich hatte Angst, der Stress könne ihn umbringen.

Aber mir blieb keine Wahl. Nachdem Felix ausgezogen war, war die Miete allein nicht mehr zu stemmen. Für eine Person war die Wohnung zu teuer. Eine kostengünstigere Alternative musste her. Dringend.

Ich fand recht schnell eine kleine 55 qm Wohnung mit großer Dachterrasse bei tierlieben Vermietern auf dem Land. Sie hatten einen Hof in einem kleinen Weiler, nur zwei Kilometer vor der Stadt.

Durch die beiden Tierärzte im Haus würde Pepper hier künftig Hausbesuche bekommen.

Aber zunächst musste er den Umzug überstehen – für mich der stressigste Umzug, den ich je hatte. Es war mitten im Corona-Lockdown. Kontaktbeschränkungen galten. Die Baumärkte hatten geschlossen. Ich musste Farben und Zubehör per Click und Collect bestellen und draußen in der Kälte vor dem Baumarkt anstehen, um sie abzuholen.

Den ganzen Umzug zog ich in einer Woche durch. In diesen sieben Tagen sah Pepper mich nur nachts beim Schlafen. Er tat mir so leid …

Am letzten Tag musste ich Pepper mit Matratze und Katzenklo in einem ansonsten leeren Schlafzimmer einsperren, um mit mehreren Umzugshelfern die restlichen Möbel zu transportieren.

Abends holte ich Pepper, mit einem flauen Gefühl im Magen. Er war bereits sehr gestresst, maunzte laut und lief unruhig durch den Raum.

Aber wir waren gut vorbereitet; seit einer Woche hatte ich einen Pheromon Stecker im Schlafzimmer und Pepper bekam CBD-Öl zur

Beruhigung. Das setzte ich in der neuen Wohnung noch eine Weile fort.

Eine Freundin fuhr mich mit meiner wertvollen Fracht zur neuen Wohnung. Pepper kam gut an und begann sofort – laut jeden seiner Schritte kommentierend – die Wohnung zu erkunden. Mir fiel ein Riesenstein vom Herzen. Wir hatten es geschafft. Er war ohne Panikattacke angekommen.

Die ersten Tage waren noch sehr aufregend. Pepper musste alles erkunden, erschrak vor jedem Geräusch, maunzte den ganzen Tag – und die ganze Nacht- laut und aufgeregt. Zum Glück hatte ich in der ersten Woche noch Urlaub und war für ihn da.

Auf den Balkon durfte er erst nach zwei Wochen, denn ich hatte es vorher nicht mehr geschafft, ihn fertig zu vernetzen. An einem schönen, sonnigen Tag spannte ich schließlich das Balkonnetz; Pepper verfolgte es mit großen Augen durch die Balkontür. Ich war stolz auf mich – so etwas hatte ich noch nie gemacht und ich schaffte es ganz allein. 18 qm Dachterrasse sollten Pepper künftig zur Verfügung stehen.

Ich erinnere mich noch gut, wie aufgeregt er geduckt über den Balkon schlich und das erste Mal sein neues Reich inspizierte. Er liebte diesen Balkon, ging wieder viel mehr raus als vorher und beobachtete stundenlang draußen die Schafe des Vermieters! Nur mit den breiten Abständen zwischen den Holzplanken am Boden hatte mein alter Herr Probleme. Nachdem er ein paarmal mit einer Pfote zwischen zwei Planken geriet, bekam ich Angst, er könne sich verletzen. Also bestellte ich zwei große Balkonteppiche und belegte den kompletten Balkon damit. Mit Blumenkübeln fixierte ich die Teppiche fest an Ort und Stelle, damit sie weder vom Wind noch von meiner kleinen Pissnelke verwüstet werden konnten.

Pepper war begeistert! Ein weicher Boden auf dem Balkon! Er wälzte sich auf dem Teppich hin und her, genoss die Sonne auf dem Pelz und war glücklich!

Kurz vor dem Umzug hatte ich eine kleine Gartenbank aus grauem Kunststoff geschenkt bekommen. Unter der Sitzfläche war eine Truhe, in der ich Blumentöpfe verstaute. Ich stellte sie an die Hauswand auf unseren neuen Balkon. Hier saß ich wahnsinnig gerne abends, um den Sonnenuntergang über den Feldern zu betrachten.

Auch Pepper liebte diese Bank. Jeden Abend legte ich ein Sitzkissen für mich und daneben Peppers Lammfell auf die Bank und wir genossen gemeinsam den Feierabend. Von hier aus konnten wir die Schafe, Perlhühner, Rinder und Pferde in der Nachbarschaft beobachten. In unserem ersten Frühling ersetzten die Schafe des Vermieters meine bisherigen Fernsehabende. Lämmern beim Spielen zuzuschauen, macht viel mehr Freude als fernsehen!

Pepper lag auch tagsüber oft auf der Bank, wenn ich im Homeoffice war.

Ich liebte diese kleine Dachgeschosswohnung auf dem Bio-Bauernhof. Sie hatte auch Nachteile, wie etwa keine Anbindung an den öffentlichen Nahverkehr. Ich war für alles aufs Auto angewiesen. Aber sie war unser kleines Reich, in dem uns niemand störte.

Ich versprach Pepper: Egal, was passierte, wir würden nicht noch einmal zusammen umziehen. Er sollte hier seinen Lebensabend verbringen. Sollte nie wieder den Stress eines Umzugs durchmachen müssen. Dieses Versprechen konnte ich zum Glück halten.

Tabletten

Pepper bekam seine ersten Tabletten bereits in unserem ersten gemeinsamen Jahr, nachdem die Tierärztin beim jährlichen Katzen-TÜV seinen Herzfehler festgestellt hatte. Die Betablocker waren die ersten Medikamente, die ich ihm regelmäßig geben musste.

Die Medikamente sind für Menschen gedacht. Eine Katze bekommt also nur den Bruchteil einer Tablette. Wir begannen mit einem Achtel. Gar nicht so einfach, die ohnehin schon kleine Tablette so zu zerteilen. Die Tierärztin gab mir einen Tablettenschneider mit, der mir jahrelang gute Dienste leistete.

Mit den Betablockern kamen wir gut zurecht. In eines der begehrten Knabberstängchen gedrückt wurde es anstandslos gefressen und Peppers Herzschlag normalisierte sich schnell.

Nach und nach bekam Pepper weitere Diagnosen, die eine Tablettengabe erforderten: eine Schilddrüsenunterfunktion, eine chronische Bauchspeicheldrüsenentzündung und Kaliummangel. Da seine Entzündungswerte immer wieder erhöht waren, bekam er schließlich zusätzlich Cortison mit dem positiven Nebeneffekt, dass sein Appetit dadurch angeregt wurde.

Irgendwann begannen seine Magenprobleme, für die ich ebenfalls diverse Tabletten sowie Granulat, Pulver und Pasten ausprobierte.

Als Pepper älter wurde, hatte er eine Tablettendose mit Wochentagen, damit ich seine Tabletten immer im Voraus richten konnte. Fuhr ich einmal weg, war der wichtigste Punkt die Tabletteneinweisung des Catsitters. Ich schrieb eine Anweisung, verbunden mit einer Vollmacht für die Tierärzte, falls in meiner Abwesenheit eine Behandlung erforderlich wäre, sowie einigen Notfall-Telefonnummern.

Das Verabreichen der Tabletten blieb nicht immer so einfach wie in den ersten Jahren, denn irgendwann ließ seine Begeisterung für Knabberstängchen nach. Im Laufe der Jahre probierte ich so einiges aus. Sämtliche Sorten Leckerlis, die weich und formbar sind, sodass man etwas hineinstopfen kann. Leberwurstpaste, Schleck-Snacks, frisches Fleisch, Malzpaste. Trockene Leckerlis, wenn er gerade eine Phase hatte, in denen er die lieber mochte. Dann klebte ich die Tablette mit Malzpaste an das Leckerli.

Irgendwann gab die Tierärztin mir sogenannte Trojaner mit. Das Zeug ist formbar wie Knete, schmeckt und riecht wohl so stark, dass der Geruch der Tablette untergeht, und eine Zeit lang war Pepper ganz verrückt danach. Schließlich ließ jedoch auch hier wieder die Begeisterung nach.

Was immer gleich blieb, war die Tatsache, dass die Tablette in irgendwas Leckeres reinmusste, daher sprach ich nur noch von Peppers Tabletten-Sandwich. Wie viel Zeit verbrachte ich damit, liebevoll kleine Tabletten in diese Sandwiches zu verpacken und sie Pepper zu geben oder notfalls – wenn der Herr mal wieder keine Lust hatte – hinterherzutragen.

Zeitweise war es sehr schwierig, Pepper seine Tabletten zu geben. In diesen Zeiten gab ich manchmal auf. Dann bekam er halt mal einen Tag lang keine Tabletten. Ich wollte ihm um keinen Preis die Tabletten unter Zwang eingeben. Darüber kann man unterschiedlicher Ansicht sein, aber bei so einem Sensibelchen wie Pepper hielt ich das für die richtige Entscheidung. Ich hätte sein Vertrauen zerstört und unser Verhältnis zerrüttet, wenn ich das dauerhaft gemacht hätte.

In Akutsituationen gab ich ihm Medikamente unter Zwang, aber nie lange, denn bereits nach zwei, drei Tagen litt sein Vertrauen und er ging auf Abstand. Täglich wäre das nicht gut gewesen. Also bekam er stattdessen manchmal unregelmäßig seine Medikamente. Meist schaffte ich es aber, indem ich ihm hartnäckig mit seinem Sandwich nachlief.

In seinen letzten zwei Jahren reduzierten wir seine Tabletten. Nach meinem Umzug aufs Land begann er, immer müder und apathischer zu werden. Sabrina stellte fest, dass er sehr niedrigen Blutdruck hatte, und nahm seinen Medikamentenplan unter die Lupe. Viele seiner Tabletten wirkten blutdrucksenkend und sie legte mir nahe, einiges abzusetzen. Langsam und behutsam begann ich also, die eine oder andere Tablette in der Dosis zu reduzieren.

Ich werde nie erfahren, ob er ohne diese Maßnahme länger gelebt hätte, denn auch seine Herztablette reduzierte ich und ließ sie schließlich nach Rücksprache mit Sabrina und meiner langjährigen Tierärztin aus der Praxis ganz weg. Dafür blühte er auf seine alten Tage noch mal auf, begann wieder, zu spielen und hatte Freude am Balkon. Das war es wert. Ich habe immer gesagt, es ist wichtiger, ein schönes Leben zu haben als ein langes.

Als er 18 war, nahm Sabrina ihm das letzte Mal Blut ab. Damals bekam sie kaum noch welches aus der Vene und Pepper jammerte. Er war inzwischen so dünn, dass ihm die Prozedur sicher wehtat, deshalb verzichtete ich auf weitere derartige Kontrollen, obwohl die sicher gut gewesen wären, um zu prüfen, ob die Reduzierung der Tabletten nicht an anderer Stelle schadete.

Auch hier handelte ich im Sinne von Lebensqualität vor Lebensquantität. Ich stehe dazu und finde nach wie vor, ich habe damit im Sinne meines Lieblings gehandelt.

Pepper und das liebe Essen 2

Etwas schwierig war es mit Pepper und dem lieben Essen ja seit jeher.

Nachdem ich einige Jahre lang problemlos das Premiumfutter aus dem Direktversand gefüttert hatte, beschloss er eines Tages plötzlich, dass er das Nassfutter von dieser Sorte nicht mehr mochte. Das Trockenfutter akzeptierte er zunächst noch.

Ich versuchte eine Weile, ihn nochmals von diesem Futter, das immer so gut funktioniert hatte, zu überzeugen. Leider ohne Erfolg. Danach begann die Suche nach geeignetem Futter von Neuem. Ich musste wieder vermehrt Trockenfutter geben, da Pepper keine Nassfutter-Marke länger als drei Tage fraß.

Phoebe gab ich noch eine Zeit lang weiter die Premiummarke, stellte jedoch bald fest, dass die großen 400g Dosen, in denen dieses Futter damals geliefert wurde, für eine Katze allein zu viel waren. Nach zwei Tagen im Kühlschrank musste ich den Rest der Dose oft wegwerfen. Also hörte ich auf, Nassfutter vom Direktversand zu bestellen.

Einige Zeit später, als Phoebe bereits verstorben war, entwickelte Pepper eine Futtermittelallergie, so zumindest der Verdacht der Tierärztin. Er keuchte und würgte. Zunächst dachte ich, er quäle sich mit einem Haarballen, den er nicht herausbekäme. Aber er brach nie. Pepper quälte sich sichtlich während dieser Anfälle. Es klang besorgniserregend und sah furchtbar aus.

Ich nahm ihn dabei auf Video auf, um es der Tierärztin zu zeigen, und sie erklärte mir, es handle sich um Rückwärtsniesen. Das kann harmlos, aber auch Zeichen einer ernsten Erkrankung sein. Wieder einmal wurde er durchgecheckt. Das Herz sah gut aus, die Werte waren okay. Die Tierärztin fand keine Erklärung. Schließlich äußerte sie den Verdacht einer Futtermittelallergie.

So begann wieder einmal eine längere Futtersuche. Am Ende fand ich ein Allergiker-Futter ohne Getreide und mit Monoprotein, das er gern mochte und gut vertrug. Das Futter wurde durch die Tierärztin rezeptiert. Leider mochte Pepper nur das Trockenfutter dieser Sorte. Seine alten Gewohnheiten schlugen wieder voll durch.

Tatsächlich wurde das Rückwärtsniesen besser und verschwand sogar für einige Zeit. Erst in seinen letzten Lebensmonaten tauchte das Phänomen ab und zu wieder auf. Zum Glück aber nie mehr so schlimm und häufig wie zu Beginn.

Jahrelang kamen wir mit diesem Futter gut zurecht, bis es wieder umschlug – Pepper fraß kein Trockenfutter mehr. Das war neu. Selbst Leckerlis fraß er nicht mehr, wenn sie zu hart waren. Die Tierärztin vermutete, es liege daran, dass er kaum noch Zähne hatte. Sie erklärte mir damals bereits, manche Katzen würden wieder Trockenfutter fressen, wenn alle Zähne weg wären, weil es dann nicht mehr wehtäte. Davon, Zähne zu ziehen, riet sie ab. Sie sah keine entzündeten Stellen und war der Meinung, dass er keine Schmerzen hätte, solange er kein Trockenfutter fraß. In Anbetracht seiner schlechten körperlichen Konstitution und seiner Herzprobleme riet sie von einer Zahnsanierung ab. Heute, nachdem ich etwas mehr über diese Themen weiß, frage ich mich, ob das richtig war oder ob Pepper möglicherweise die gefürchtete Zahnkrankheit FORL hatte und jahrelang mit Zahnschmerzen lebte. Ich will eigentlich immer alles ganz genau wissen, frage viel nach, aber hier vertraute ich der Tierärztin völlig. Ich hoffe sehr, dass Pepper damals nicht stumm litt, weil ich dieses eine Mal zu wenig hinterfragte...

Zumindest in einem Punkt hatte sie recht: Irgendwann fraß Pepper plötzlich wieder Trockenfutter, und er blühte nochmals richtig auf – weil er keine Schmerzen mehr hatte ...?

Zum ersten Mal kam mir dieser Gedanke. Ich fühlte mich schlecht, machte mir Vorwürfe. Aber jetzt ging es Pepper richtig gut! Wir konnten sogar unsere geliebte Leckerliejagd wieder aufnehmen und einige Monate später kaufte ich nach einigen Jahren Pause noch mal einen unserer geliebten Katzen-Adventskalender.

Allerdings war seine Euphorie für unser Jagdspiel da bereits deutlich erlahmt. Er lief nur noch gemütlich zu den Leckerlis hin, und nach ein paar Happen war ihm das zu blöd, und ich legte ihm den Rest vor die Nase. Er mochte nicht mehr so viel rennen; immerhin war er bereits 18 Jahre alt.

In seinem letzten Jahr warf ich den Kalender schließlich weg, da er gar kein Interesse mehr an den Leckerlis zeigte. Er fraß nur noch sein Lieblingsfutter, also sollte er genau das auch haben.

Denn in diesem hohen Alter beschloss ich, uns beide nicht mehr mit der ständigen Futtersuche zu quälen. Er sollte einfach fressen, was ihm schmeckte. Da er im Laufe der Jahre immer mäkeliger wurde, war es schlicht nicht mehr möglich, ihm nur noch gesundes Futter anzubieten. Er fraß es nicht. Also gab ich ihm seine Leibspeisen. Was immer gerade hoch im Kurs stand. Phasenweise ernährte er sich so fast ausschließlich von Leckerlis.

In seiner letzten Phase fraß er mit Vorliebe kleine Knusper-Leckerlis. Pur. Ich schüttete eine ganze Packung in den Futternapf, als wäre es normales Trockenfutter. Seine zweite Vorliebe galt Schleck-Snacks. Es gab auch eine Sorte für die Nieren, die er glücklicherweise ebenfalls mochte. So hatte ich das Gefühl, noch etwas für seine Gesundheit zu tun. Manchmal fraß er nur noch diese Schleck-Snacks. Es war eine teure Zeit, denn diese Snacks hatten einen stolzen Preis, aber er sollte auf seine alten Tage noch ein wenig genießen.

Seniorenjahre

Nach Phoebes Tod war Pepper in meinen Augen noch lange kein Senior. Seine Seniorenzeit begann, denke ich, so mit 15 bis 16 Jahren. Damals merkte ich erstmals, dass er weniger spielte, nicht mehr aus dem Stand auf das Highboard springen konnte. Er versuchte es aber immer wieder und stürzte dabei ein paarmal. Ich besorgte eine Stufe in Form eines kleinen Regals. Später löste ich es durch eine Kratztonne ab. So konnte er über sie in Stufen nach oben zu seinem Lieblingsaussichtsposten gelangen.

In dieser Zeit hörte er auch auf, den hohen Kratzbaum aus Birke zu benutzen. Ich entsorgte ihn und ersetzte ihn durch einen niedrigeren, den Pepper gut annahm.

Auch die Wassermeditation sah ich als Zeichen des Alterns an. Jedenfalls erschien er mir manchmal sehr alt, wenn er so vor seinem Napf kauerte.

Mit etwa 16 Jahren begann die Phase, in der Pepper immer öfter dieses furchtbare Rückwärtsniesen zeigte. Es dauerte lange, bis die Tierärztin auf die Idee mit der Futtermittelallergie kam.

Begleitend mit diesem Keuchen geschah es nach einiger Zeit, dass Pepper Bauchweh bekam. Zunächst immer nach so einem Anfall von Rückwärtsniesen. Danach schlief er eine Weile, dabei gluckerte sein Bauch laut, nach ein paar Stunden Schlaf ging es ihm wieder gut.

Irgendwann verselbständigte sich das Bauchweh. Das Rückwärtsniesen kam und ging, aber sein Bauch gluckerte immer wieder und er schien sich dann unwohl zu fühlen. Ich begann intuitiv, sein kleines Bäuchlein zu massieren, und es tat ihm offensichtlich gut! Er genoss das sehr, drehte sich so, dass ich den Bauch gut erreichte, und schnurrte leise. Unter meinen Fingern spürte ich, wie ich Spannungen löste, und es fühlte sich an, als würde ich darin Luft vorwärtsschieben. Meist ging Pepper nach einer Weile aufs Katzenklo und fühlte sich im Anschluss wieder wohl.

Meine Mutter meinte damals trocken: „Im Alter bekommt man schon mal Verdauungsprobleme. Das ist bei uns Menschen auch nicht anders …" Immerhin hatte Pepper seinen persönlichen Masseur.

Die Zeit, als dieses Keuchen besonders schlimm war, läutete für mich die Jahre ein, in denen ich Pepper nicht mehr über Tage allein lassen konnte. In seinen letzten sechs Lebensjahren fuhr ich nur einmal für zwei Nächte und ein paarmal für eine Nacht weg. Nie länger. Jedes Mal war ich nervös und machte mir Sorgen. Ich verschob Reisen oder sagte sie ab. Eine dringend empfohlene Reha musste warten. Als ich ins Krankenhaus musste, entließ ich mich selbst und unterschrieb, dass ich in eigener Verantwortung ginge.

Ich habe all das nie bereut. Bereut habe ich nur die Tage, an denen ich ihm zu wenig Aufmerksamkeit schenkte.

Auch von Arthrose blieb Pepper nicht verschont. Irgendwann baute ich ihm aus Bücherstapeln Treppchen zum Bett und zum Sofa, um seine alten Gelenke zu entlasten. Lange Zeit ignorierte er diese Aufstiegshilfen. Nur ab und zu, wenn er sichtlich Schmerzen hatte, benutzte er sie ausnahmsweise. Ansonsten hüpfte er daneben ohne Hilfe rauf und runter.

Kurz nach unserem Umzug aufs Land hatte Pepper das erste Mal eine neue Art Anfall. Es war ein heißer Tag im Juni. Die erste Hitzewelle des Sommers. Pepper liebte die Sonne und ging selbst bei dieser Hitze noch gerne auf den Balkon. Nach ein paar Minuten holte ich ihn aber immer nach drinnen, damit er nicht überhitzte. Pepper hatte dafür noch nie ein Gespür gehabt. Schon in jungen Jahren musste ich ihn manchmal reinholen, weil er völlig schlapp in der Sonne hing. Drinnen legte er sich erst einmal auf die kühlen Fliesen und ruhte sich aus.

Aber an diesem Tag war es anders. Ich holte ihn rein und setzte ihn auf dem Boden ab, um die Balkontür zu schließen. Pepper lief schwankend ein paar Schritte, blieb stehen, gab ein lautes Jammern von sich – und plötzlich rutschten seine Hinterläufe kraftlos auseinander. Pepper ging zu Boden, seine Augen weit aufgerissen. Er hechelte und jammerte abermals. In seinen Hinterläufen war keine Kraft mehr.

Er war fast 18 und ich dachte, er läge im Sterben. Ganz kurz dachte ich daran, zu meinen Vermietern, den Tierärzten, runterzulaufen und um Hilfe zu bitten, aber ich hielt inne. Ich glaubte, Pepper würde jetzt sterben, und ich wollte bei ihm sein und ihn begleiten.

Ich ging neben ihm in die Knie, hielt ihn sanft und sagte ihm, dass alles gut sei. Pepper rappelte sich auf, schwankte ein paar Schritte vorwärts. Dort jammerte er nochmals, anschließend ging er ins Schlafzimmer, sprang mit letzter Kraft ins Bett und rollte sich zusammen.

Ich saß lange neben ihm und redete leise mit ihm. Pepper schlief ein und ich ließ ihn in Ruhe. Ich war der festen Überzeugung, er würde den nächsten Tag nicht erleben.

An diesem Tag hatte eine Freundin von mir Geburtstag. Ich sagte ihre Einladung ab, um bei Pepper zu bleiben. Phoebe war am Geburtstag einer anderen Freundin gestorben, daher hatte ich kein gutes Gefühl.

Ein paar Stunden später stand Pepper auf und lief normal, war aber noch schlapp. Am nächsten Tag war er wieder quietschfidel. Ich fragte sowohl meine alte Stamm-Tierärztin als auch die Vermieter um Rat. Beide meinten, es könne ein Kreislaufkollaps aufgrund der Hitze gewesen sein oder Thrombose. Monate später hatte Pepper noch einmal einen derartigen Anfall, diesmal weniger schlimm. Nach einer Stunde ging es ihm wieder gut.

Durch ein Seniorenkatzenforum im Internet kam ich auf den Verdacht, es könne Spondylose sein, eine schmerzhafte Verengung des Wirbelkanals. Ein wenig beruhigte mich das, denn die Sorge vor einer schweren Thrombose mit extremen Schmerzen ließ mir keine Ruhe. Spondylose ist ebenfalls schmerzhaft, aber nicht so akut.

In den nächsten zwei Jahren bekam er diese Anfälle immer mal wieder- nie wieder so schlimm, wie zu Beginn; aber sie strengsten ihn

sichtbar an. Ich fand irgendwann heraus, dass Wärme ihm dabei gut-
tat und nähte ihm ein kleines Mini- Wärmekissen. Ich nahm dazu den
Bezug eines alten Baldrian Kissens und füllte ihn mit den getrockne-
ten Kernen einiger Schlehen, die ich beim Wandern gesammelt hatte.
Fortan erwärmte ich dieses Schlehenkissen bei Bedarf in der Mikro-
welle und legte es auf Peppers schmerzende Beine oder den Rücken.
Es schien ihm gut zu tun. Er akzeptierte es von Anfang an.

Pepper bekam nun Schmerzmittel, die ihm tatsächlich halfen, diese
Anfälle besser und schneller zu überstehen, nur wurde ihm davon leider schlecht. Eine Dauermedikation kam deshalb nicht in Frage. Ich
gab sie nur bei Bedarf.

Als die Anfälle häufiger wurden, bat ich Sabrina, ihm monatlich
eine neuartige Schmerzspritze gegen Arthrose Schmerzen zu geben.
Ich wünschte, ich hätte das viel früher gemacht! Ein letztes Mal
blühte Pepper auf. Alle vier Wochen ließ ich ihn künftig spritzen und
erfreute mich jedes Mal daran, wie es ihm danach sichtbar besser ging.
Er lief freier, wurde wieder aktiver, nahm seine Umwelt interessierter
wahr und genoss auch nochmal die Sonne und seinen Blumenkübel
auf dem Balkon…

Diesen Kübel brachte ich kurz nach unserem letzten Umzug mit
und wollte eigentlich Lavendel darin pflanzen. Pepper saß und lag
gerne darin, und er leckte den Kübel ab. Wieder machte ich mir Sorgen, aber die Werte waren weiterhin in Ordnung, es lag kein Mangel
vor. Den Blumentopf schenkte ich ihm; der Lavendel musste in einen
anderen Topf umziehen. Im Sommer spannte ich einen kleinen Son-
nenschirm über Peppers Kübel und er machte es sich darin gemütlich. Das gefiel ihm. Er konnte dort stundenlang liegen.

In den letzten zwei Lebensjahren Peppers war ich in ständiger
Sorge um meinen kleinen Schatz. Er war doch mittlerweile alles, was
mir geblieben war. Ich hatte den Tod seines Bruders, den Verkauf
und einige Jahre später den Tod meines Pferdes, die Trennung von
Felix und den Tod von drei weiteren Herzenspferden, welche ich

jahrelang als Reitbeteiligung betreuen durfte, hinter mir; hatte einen Burn-out erlebt und eine Umschulung gemacht.

In all diesen schweren Zeiten war es Pepper, der mich getröstet hatte. Als ich meine schwerkranke Mutter pflegte, ihr durch ein Delir und den Beginn der Demenz half und zeitweise täglich um ihr Leben fürchtete, kehrte ich jeden Abend zu meinem kleinen Fels in der Brandung zurück und lud meinen Akku wieder auf. Pepper war alles für mich.

Der Gedanke, ihn zu verlieren, war unerträglich – und doch allgegenwärtig …

Pepper baut ab

In seinem letzten Jahr begann Pepper, Blut zu niesen. Als es das erste Mal geschah, beruhigte Sabrina mich; das könne schon mal vorkommen. Könne an der Hitze liegen …

Ein paar Wochen später wiederholte es sich. Laut Sabrina weiterhin kein Grund zur Beunruhigung. Ich sprach sie noch ein paarmal darauf an, denn das Nasenbluten wurde häufiger und stärker, aber sie riet mir von weiteren Maßnahmen ab.

Ich hätte für umfangreiche Untersuchungen in die Tierklinik fahren müssen. Pepper hätte dazu narkotisiert werden müssen. Es war schon fraglich, ob er das in seinem Zustand noch geschafft hätte, vom Stress ganz zu schweigen. Sein altes Auto-Problem machte es nicht besser.

Gebracht hätte es wohl ohnehin nichts. In seinem Alter und Zustand hätte ich ihm keine OP mehr zugemutet. Laut Sabrina hätte man höchstwahrscheinlich auch gar nichts machen können. Sie vermutete einen Polypen oder Tumor – bei Katzen sehr schwer zu operieren.

Sie riet mir, ihn zu beobachten. Schmerzen schien er nicht zu haben. Das gelegentliche Nasenbluten beeinträchtigte ihn offenbar nicht. Sollte er aber jemals Atemprobleme wie Flankenatmung bekommen, sei es an der Zeit, ihn zu erlösen, ansonsten könne er irgendwann qualvoll ersticken.

Auch die Ausfälle in seinen Hinterläufen nahmen zu. Ich machte mir weiterhin viele Gedanken darüber, ob es wirklich „nur" eine Spondylose war. Zwar wurde es nie wieder so schlimm wie beim ersten Mal vor zwei Jahren, aber es wurde häufiger und hartnäckiger. Er brauchte mittlerweile meist zwei Tage, um sich zu erholen und litt dabei. Die Wirkung der Schmerzmittel nahm allmählich ab.

Im Frühjahr 2023 ging es ihm schließlich immer schlechter. Wie oft saß ich neben ihm und beobachtete seinen Atem! War das schon

Flankenatmung? War das noch normal oder hatte er Schwierigkeiten? Ich hatte Angst, Zeichen zu übersehen, und wollte doch nicht loslassen …

Nasenbluten, schwerer Atem, Schmerzen in den Hinterläufen, und auch die Wassermeditation wurde mehr und mehr. Ende Mai saß er ständig vor dem Wassernapf. Mittlerweile hatte ich Wasserschälchen in der ganzen Wohnung aufgestellt.

Pepper kam nur noch selten zu mir ins Bett, blieb die meiste Zeit im Wohnzimmer. Auch am Balkon verlor er zunehmend das Interesse. Er kuschelte noch, aber nicht mehr so ausdauernd und weniger innig. Er schnurrte und maunzte kaum noch. Nur dieses stumme Maunzen, das er damals von Phoebe übernommen hatte, das machte er weiterhin ab und zu.

Ende Mai ging er ganz plötzlich nicht mehr aufs Sofa. Ein paar Tage lang lebte er ausschließlich auf dem Boden. Er wollte nirgends mehr hoch.

Richard und Sabrina waren übers Wochenende weg und mir war klar: Sollte es ihm bis Montag, wenn sie wiederkämen, nicht besser gehen, wäre der Zeitpunkt gekommen, ihn erlösen zu lassen.

In einem letzten verzweifelten Versuch kaufte ich eine Katzentreppe und eine Rampe und stellte sie vor Sofa und Bett anstelle der bisher meist ignorierten Bücherstapel. Ich gab ihm noch mal Schmerzmittel und fütterte ihn mit seinen geliebten Leckerlis.

Er nahm die Treppe tatsächlich an und kletterte wieder aufs Sofa. Vielleicht musste ich nur die Abstände der Schmerzspritze verkürzen? Immerhin, er kam wieder zu mir, aber er schlief fast nur noch.

Zwei Tage später blieb er erneut auf dem Boden, und zwar an seinem Wassernapf. Er schlief neben dem Napf, das Köpfchen dagegen gelehnt. Wann immer er wach war, schaute er in den Napf. Sein Blick wurde zunehmend müder, ausdrucksloser, abwesender …

Richard und Sabrina waren für zwei Tage zurück, wollten aber noch mal wegfahren. Danach wollten sie Pepper ansehen und ihm eine weitere Schmerzspritze geben. Das sollte ein letzter Versuch sein. Noch einmal versuchen, ihn mit der Spritze auf die Beine zu bringen.

Es sollte nicht mehr dazu kommen ...

Der schlimmste Tag meines Lebens

Ich habe hinterher oft gesagt: „Es kann im Leben jetzt nur noch bergauf gehen, denn den schlimmsten Tag meines Lebens habe ich hinter mir."

Der 06.06.2023 war ein Dienstag. Dienstags machte ich normalerweise Homeoffice, weil ich am Abend zum Tanzkurs in die Schweiz fuhr. Da ich somit abends lange weg war, wollte ich wenigstens tagsüber daheim sein, um Pepper nicht so lange allein zu lassen.

In letzter Zeit ging ich trotzdem manchmal vormittags ins Büro, da Pepper zu der Zeit schlief und immer weniger Interesse an mir hatte. Seit Wochen zog er sich zunehmend zurück und kam fast nur noch abends zum Kuscheln.

An diesem Tag beschloss ich also, den Vormittag im Büro zu verbringen. So hatte Pepper Ruhe und konnte ungestört schlafen. Ich hingegen konnte mich besser auf die Arbeit konzentrieren, wenn ich nicht nebenher immer wieder besorgt nach ihm sah.

Am Morgen verabschiedete ich mich, wie immer in letzter Zeit mit einem traurigen Gefühl. Er sah einfach von Tag zu Tag trauriger aus. In der Mittagspause ging ich noch zu einer kurzen Trainingseinheit ins Fitness-Studio und fuhr danach heim, um den Nachmittag über von zu Hause aus zu arbeiten, damit ich vor dem Tanzkurs nochmals nach Pepper sehen könnte. Er begrüßte mich kurz, schlief aber erst mal weiter. Ich aß etwas und arbeitete dann am Esstisch.

Ich weiß noch, dass ich mir vornahm, mir zwischendurch etwas Zeit zum Kuscheln zu nehmen, wenn Pepper danach war. Ich habe zu lange gewartet …

Am Nachmittag – ich sprach gerade online mit einer Kollegin – hüpfte Pepper über meinen Schoß auf den Tisch und setzte sich neben den Laptop. Das tat er immer seltener. Gedankenverloren streichelte und kraulte ich ihn nebenher, während ich mit der Kollegin ein Problem besprach.

Irgendwas war komisch. Ich fühlte mich merkwürdig, konnte es nicht benennen; aber ich musste Pepper ansehen. In diesem Moment krampfte sich mein Herz zusammen. Peppers Hinterläufe rutschten kraftlos nach vorne, sein Körper sackte zusammen. Er hatte die Augen angstvoll weit aufgerissen, öffnete ganz leicht das Mäulchen und gab einen leisen, weinenden Klagelaut von sich.

Mechanisch sagte ich meiner Kollegin, ich müsse sie zurückrufen, und legte auf. Ich streichelte Pepper und redete mit ihm. Ich sagte ihm, er dürfe jetzt loslassen, es sei okay. Kein weiterer Kampf, kein Leid mehr. Ich sagte ihm, es werde hart für mich, aber ich würde es schaffen; ich ließe ihn los und gebe ihn frei …

Sein Bauch machte plötzlich wahnsinnig laute Geräusche, ähnlich wie ich sie bereits seit Langem kannte, aber lauter, als ich je für möglich gehalten hätte. Er jammerte noch mal, und plötzlich sprang er über meinen Schoß auf den Boden und rannte zur Wohnungstür. Dort blieb er plötzlich stehen und erbrach in einem Schwall. Das hatte ich so noch nie gesehen.

Einen Augenblick lang dachte ich noch: *Vielleicht war es nur das, nur der Magen* … Doch in der nächsten Sekunde wurde er ganz steif und knallte seitlich auf den Boden. Dort begann er zu zucken, kam nicht wieder hoch. Entsetzt rannte ich zu ihm, wollte ihn festhalten. Er rappelte sich halb auf, knallte auf die andere Seite, entwand sich mir und kroch hinter mich.

Das war der Moment. Nach so langer Unsicherheit und Unentschlossenheit entschied ich innerhalb einer Sekunde, ihn auf seine letzte Reise zu schicken. In dieser Sekunde gab es keinen Zweifel. Während ich mit einer Hand zunächst noch versuchte, ihn festzuhalten, zog ich mit der anderen das Handy aus der Tasche und rief Richard an. Er ging sofort ran.

Es schoss aus mir heraus: „Pepper geht es sehr schlecht. Ich bin jetzt so weit, ihn einschläfern zu lassen." Grauenvolle Worte. Ich hatte so sehr gehofft, sie nie sagen zu müssen

Er war unterwegs, sagte, er sei spätestens in einer Stunde da. Ich glaube, es ging sogar schneller.

Nach dem Telefonat sah ich nach Pepper. Er schleppte sich ins Wohnzimmer, legte sich dort auf den Boden. Sein Bauch machte noch immer laute unheimliche Geräusche. Pepper hechelte mit weit aufgerissenen Augen und atmete mühsam. Sein ganzer Körper hob und senkte sich ruckartig und stoßweise.

Ich lag bäuchlings vor ihm auf dem Boden, nahm sein Köpfchen in die Hand und kraulte und streichelte ihn sanft, während ich mantraartig meine Bitte wiederholte, er möge loslassen. Ich wollte Erlösung – für ihn und für mich. Ich habe es wohl einfach nicht mehr ausgehalten, ihn so leiden zu sehen …

Ich erzählte ihm alles, was mich bewegte: wie sehr ich ihn liebte, wie leid es mir täte, dass ich ihn zu oft vernachlässigt hätte und wie viel mehr ich mir für ihn noch gewünscht hätte, dass ich ihn um Vergebung bitte und ihn nie vergessen und für immer lieben werde …

Tausende Gedanken durchfluteten mich in diesen Minuten, für die ich mich teilweise bis heute schäme. Ich fragte mich, ob er sich wieder erholen könnte, aber was, wenn es in der Nacht oder morgen wieder schlimmer würde, wenn die Vermieter weg wären und ich keine schnelle Hilfe erwarten könnte. Was, wenn er am Ende qualvoll erstickte. Aber was, wenn es wieder würde???

Dann der beschämende Gedanke: Wenn es vorbei wäre, könnte ich endlich abschließen, trauern – und neu anfangen. Ich könnte in Urlaub fahren, eine Reha machen – all die Dinge, die ich so lange aufgeschoben hatte. Ich schämte mich in derselben Sekunde für diese Gedanken.

Peppers Atem beruhigte sich ein wenig; er setzte sich etwas auf, zusammengekauert und völlig erschöpft, noch immer schwer atmend, aber nicht mehr ganz so schlimm. Leise Zweifel beschlichen mich. Vielleicht würde er sich wieder einmal erholen? Vielleicht wäre morgen alles wieder gut?

Und ich fragte mich leise, ob alles anders gekommen wäre, wäre ich an diesem Tag im Büro geblieben und hätte diesen Anfall nicht erlebt. Hätte er sich erholt und ich hätte nie etwas von dem Drama mitbekommen?

Wieder bekam ich Zweifel und wollte abbrechen. Ein weiterer furchtbarer Gedanke war, ich könnte doch jetzt nicht mehr abbrechen, nachdem ich die Vermieter extra panisch her zitiert hatte. Was würden sie denken?

Ich weiß nicht, wo all diese beschämenden Gedanken herkamen, die mich auch heute noch oft belasten und mein Gefühl des Verrats nähren. Ja, ich fühlte mich wie ein Verräter an diesem Nachmittag – dieses Gefühl begleitete mich noch lange sehr intensiv. Manchmal spüre ich es noch heute.

Vielleicht ist es so, dass alle aufgestauten Gefühle in dem Moment Raum beanspruchten, dass ich nicht mehr klar denken konnte. Es ist erstaunlich, wie das Gehirn auf so einen Schock reagiert.

Ich weiß nicht, was da in meinem Kopf passierte, aber was ich sicher weiß: Hätte ich Pepper noch länger bei mir haben können, und das in der Gewissheit, dass es ihm gut gehe, hätte ich mit Freuden auf den Urlaub verzichtet, meine Vermieter vor den Kopf gestoßen und auch sonst alles getan, was nötig gewesen wäre.

Aber mir war klar: Selbst, wenn es möglich sein sollte, ihn noch länger durchzubringen, es ging ihm schon lange nicht mehr gut, und das würde ich auch nie wieder erreichen. Ich würde mich weiterhin jeden Tag fragen, ob er noch Lebensqualität hätte und ob ich ihn quäle, wenn ich ihn festhalte.

Ich konnte einfach nicht mehr. Ich konnte ihn nicht mehr leiden sehen, konnte mich nicht mehr permanent sorgen und mich jeden Tag fragen, was richtig und was falsch wäre. Ich wollte Erlösung – für uns beide.

Als Richard und Sabrina schließlich an der Tür klopften, sah Pepper auf. Ich schloss kurz die Augen, begriff, dass es so weit war. Dann stand ich auf und ging zur Tür. Ich erklärte in wenigen Worten, was passiert war, sprach auch meine Zweifel an, ob er sich vielleicht doch noch mal erholen könne, sagte aber gleich dazu: „Ich glaube, es ist jetzt einfach der Punkt erreicht …"

Sie fragten gar nicht weiter, waren sofort einverstanden. Sie begleiteten Pepper seit zwei Jahren, hatten die Verschlechterung seines Zustandes in den letzten Wochen miterlebt. Sie fanden die Entscheidung richtig.

Sabrina wollte mir den Ablauf erklären, aber ich unterbrach sie und sagte: „Bitte mach es einfach – kurz und schmerzlos, bevor er Angst bekommt." Ich bat Richard, ihn zu halten, weil ich nicht diejenige sein wollte, die ihn festhält, wenn er die Spritze bekommt. Ich kniete mich vor Pepper, streichelte ihn und redete mit ihm. Sehr schnell verabreichte Sabrina die erste Spritze und sagte, ich könne ihn jetzt auf den Schoß nehmen.

Ein schlimmes Gefühl – jetzt war es zu spät für einen Rückzieher. Die Spritze war drin. Richard ließ ihn los, damit ich ihn übernehmen könne, aber Pepper mobilisierte seine letzte Kraft und lief weg, versteckte sich hinter dem Sofa. Mein Herz brach. Ich wollte doch nicht, dass er Angst bekam. Hatte auch gedacht, es würde viel schneller gehen.

Ich sah hinters Sofa; er schnupperte kurz an meiner Hand, ging dann ganz nach hinten, drehte sich ein paarmal unruhig um und kam wieder an mir vorbei Richtung Tür. Dort strauchelte er, die Spritze wirkte. Richard fing ihn auf und nahm ihn auf den Arm. Sofort war ich auf Knien vor ihm, hielt sein Köpfchen und streichelte ihn, entschuldigte mich wieder und wieder bei ihm, gestand ihm meine Liebe und versprach, er habe es gleich geschafft und habe dann nie mehr Schmerzen …

Er wurde ruhiger, abwesender. Schließlich legte Richard ihn mir auf den Schoß. Er atmete noch, der Körper wurde bereits schlaff. Ich saß auf dem Boden und streichelte dieses unglaublich weiche, flauschige Fell, redete weiterhin mit ihm. In mir war alles Chaos, aber nach außen blieb ich erstaunlich ruhig und gefasst während der ganzen Zeit. Ich wollte stark für ihn sein, wollte ihm Sicherheit vermitteln auf seinem letzten Weg. Sabrina hörte ein paarmal sein Herz ab, meinte, dafür, dass sein Herz krank sei, sei es sehr stark. Schließlich hörte sie nichts mehr. Es war vorbei ...

Endgültig. Ich konnte es mir nicht mehr anders überlegen. Zu spät. Ich würde nicht mehr rausfinden, ob er sich noch mal erholt hätte. Seinen 20 Geburtstag würden wir nie feiern. Zu spät ...

Allein ...

Nachdem Richard und Sabrina gegangen waren, ließ ich meinen Tränen freien Lauf. Ich blieb sitzen, Pepper auf dem Schoß. Ich redete weiterhin mit ihm, streichelte ihn. In meinem Kopf herrschte Leere. Ich konnte keinen klaren Gedanken fassen, nur immer wieder dieses weiche Fell bewundern. Es fühlte sich im Tod noch weicher an als zuvor. Ich vergrub meine Hände darin und saugte dieses Gefühl auf, dieses weiche, flauschige und gleichzeitig unglaublich seidige Gefühl, das ich 19 Jahre lang so sehr geliebt hatte.

Irgendwann ließ ich ihn sachte auf den Boden gleiten, kniete noch eine Weile neben ihm, stand dann auf und sah mich orientierungslos und verloren im Raum um. Was jetzt? Ich suchte eine seiner Decken und legte sie in die Schale des Transportkorbes. Den Deckel entfernte ich. Ein Karton erschien mir pietätlos.

Ganz vorsichtig hob ich den schlaffen Körper auf und legte ihn auf die Decke, sodass es aussah, als schlafe er bloß. Noch mal streicheln, noch mal sammeln. *Was tue ich jetzt?*

Ich rief das Tierkrematorium an. Dann ging alles ganz schnell – zu schnell. Sie baten mich, gleich loszufahren, es sei gerade eine Mitarbeiterin in der Praxis meiner Tierärztin und könne ihn noch mitnehmen.

In diesem Moment funktionierte ich wie ferngesteuert. Keine Tränen. Das erlaubte ich mir nicht. Noch nicht. Ich nahm meine Handtasche, zog Schuhe an und holte die Transportschale mit Peppers Körper. Noch einmal streicheln. Noch einmal küssen und ihm sagen, wie sehr ich ihn liebe. Es widerstrebte mir unendlich, ihn fortzubringen.

Im Nachhinein denke ich, ich hätte ihn noch dabehalten und am nächsten Tag selbst zum Krematorium fahren sollen, aber ich konnte nicht mehr denken oder entscheiden. Man hatte mir am Telefon gesagt, ich solle gleich losfahren, also tat ich das. Wie in Trance ...

In der Praxis wusste man bereits, dass ich kommen würde. Alle dort kannten mich aus zahlreichen Besuchen. Alle kannten Pepper. Ich wurde sofort in einen Behandlungsraum geführt. Dort kam mein Lieblings-Tierarzthelfer, der Künstler, der Pepper immer so großartig hatte beruhigen können. Ganz behutsam nahm er Peppers Körper aus der Transportschale und legte ihn auf den Behandlungstisch, damit ich die Schale wieder mitnehmen könnte.

„Na, mein Großer?", sagte er liebevoll, so wie immer als Pepper noch lebte. Der Kloß in meinem Hals wurde größer. Ich durfte mich nochmals verabschieden. Noch einmal mein Gesicht in diesem weichen Fell vergraben. Noch einmal küssen

„Ich liebe dich! Komm gut nach Hause. Wir sehen uns wieder!" Dann ging ich. Ganz schnell. Ich wollte raus. Wollte allein sein. Meinen Tränen endlich freien Lauf lassen.

Im Auto auf dem Heimweg schrie ich. Ich weinte. Ich haderte und fluchte. Warum? Warum so? Das hatte er nicht verdient. Ich war verzweifelt.

Zu Hause wusste ich nichts mehr mit mir anzufangen. Der Tag schien viel zu lang. Was sollte ich damit machen? Ich ertrug den Anblick von Peppers Sachen nicht. Noch am selben Nachmittag räumte ich das meiste außer Sichtweite. Nicht weit weg – ich stellte alles hinters Sofa, wollte es im Moment einfach nicht sehen. Nur sein Kissen und seine Decke, die blieben auf dem Sofa. Dann putzte ich die Wohnung wie eine Verrückte. Besessen davon, mich abzulenken. Nicht nachzudenken.

Am Abend brach ich schluchzend auf dem Sofa zusammen und vergrub mein Gesicht in Peppers Kissen. Ich deckte mich mit seiner Decke zu. Das war der Beginn einer langen und harten Trauerreise …

Ohne Dich

Zwei kleine Worte drücken ein Universum von Schmerz aus.

So unscheinbare kleine Worte. Doch sie ändern alles.

Für immer …

Nichts ist mehr, wie es war. In mir nur noch Leere.

Ohne Dich – ich möchte schreien.

Wie kann es **ohne Dich** weitergehen?

Ein Leben **ohne Dich** erscheint mir grau und leer.

Ich will ein Leben **mit Dir**!

Mit Dir in meinem Herzen, meiner Seele, meiner Erinnerung, um mich herum.

Mir Dir lebt es sich leichter und schöner.

Ich muss noch lernen, wie das geht.

Jetzt, da ich dich nicht mehr sehen, hören, streicheln kann …

Aber ich will weiterhin **mit Dir** leben.

Für immer!

Meine Trauerreise

Ich hatte nach Peppers Tod zufällig Urlaub. So konnte ich mir ein wenig Zeit für Trauer und Beerdigung nehmen.

In meiner Online-Katzengruppe postete ich einen Nachruf und erfuhr sehr viel Unterstützung der anderen Mitglieder. Verzweifelt suchte ich nach einem Weg, mit der Trauer fertig zu werden. Ich schrieb einen Abschiedsbrief und packte eine Erinnerungsbox mit all den kleinen Dingen, die mich an Pepper erinnerten: seine Lieblingsspielmaus, sein Schlehenkernkissen, einen leeren Beutel seiner Lieblingsleckerlis, die Katzengugel, die Mama vor so vielen Jahren für uns genäht hatte ...

Ich gestaltete ein Fotoalbum und bestellte einen Grabstein mit Peppers Namen. Viele kleine Gesten, mit denen ich versuchte, das Unbegreifliche zu verarbeiten. Dabei immer wieder der Gedanke: „Wie kann die Welt sich einfach weiterdrehen? Wo doch meine Welt stehen bleibt!"

Ich fand ein paar Bücher zur Trauerbegleitung. Nachts nahm ich mein altes Stofftier aus Kindertagen in den Arm. Da, wo jahrelang Pepper geschlafen hatte. Ohne ihn fühlte es sich viel zu leer an.

Außerdem begann ich, abends Zwiesprache mit den Sternen zu halten. Ich hielt Ausschau nach dem hellsten Stern, den ich finden konnte. Das war Peppers Stern in meiner Vorstellung, und mit diesem Stern sprach ich über all die Gefühle, die ich niemandem anvertrauen wollte. Ich sehe den Sternenhimmel seither mit anderen Augen.

Ich war sehr einsam in dieser Zeit. Ich wollte mit niemandem reden. Mir war klar, dass kaum jemand aus meinem Bekannten- und Freundeskreis meine tiefen Gefühle würde verstehen können, und ich wollte keine oberflächlichen Trostversuche ertragen müssen.

Es gab sie, die verständnisvollen Freunde, die zuhörten, aber selbst zu ihnen hielt ich in den ersten Tagen Abstand. Den direkten Kontakt hielt ich nicht aus.

Stattdessen bewegte ich mich zu der Zeit viel auf Social Media, scrollte mich durch Katzengruppen und weinte die meiste Zeit dabei.

Nach ein paar Tagen stieß ich zufällig auf ein Trauerforum für Tierhalter „Pfotentrauer" (www.pfotentrauer.com). Ich meldete mich an und fühlte mich sofort aufgehoben und verstanden. Hier stützte man sich gegenseitig. Die Trauer um ein Tier wurde gleichwertig mit der Trauer um einen Menschen behandelt. Niemand wertete unsere Trauer ab oder versuchte krampfhaft, uns abzulenken. Wir durften einfach traurig sein.

Ich buchte eine geführte Trauerbegleitung, die „Pfotentrauerreise". Sie half mir sehr, den Verlust zu verarbeiten und die schönen Erinnerungen in den Vordergrund zu rücken. Ich begann, Trauertagebuch zu führen und mich mit bewussten Ritualen zu verabschieden.

Es gibt so viele Möglichkeiten, der Trauer zu begegnen: schreiben, malen, eine Gedenkstätte einrichten, ein Erinnerungsalbum gestalten, Räucherrituale, Collagen, Abschiedsbriefe, Tierkommunikation/ Jenseitskontakte …

Jeder sollte tun, was ihm guttut. Ich habe einiges ausprobiert in der nächsten Zeit. Vor allem aber begann ich, dieses Buch zu schreiben. Das war für mich der wichtigste Schritt. Meine ganz persönliche Trauerreise.

Ich kann jedem Tierhalter nur empfehlen, sich bewusst mit seiner Trauer auseinanderzusetzen. Die Trauer um ein Tier mag gesellschaftlich weniger anerkannt sein als die um einen Menschen, aber sie hat für uns den gleichen Stellenwert. Wir haben jedes Recht, unser Tier zu betrauern. Lasst euch niemals etwas Anderes einreden!

Beerdigung- Auszug aus meinem Trauertagebuch:

Heute habe ich Pepper beerdigt. Ich habe viel darüber nachgedacht, wie ich es machen soll. Am Ende habe ich mich entschieden, ihn in seinem geliebten Blumenkübel beizusetzen, in dem er so gerne lag. Da ich wollte, dass er wieder mit Phoebe zusammen ist, habe ich Phoebe dazu nochmals umgebettet. Ich erschrak, als ich feststellte, dass Phoebes Asche unverändert in der Erde lag. Ich hatte gedacht, sie wäre nach sechs Jahren wieder eins mit der Erde geworden. Aber eines Tages wird das passieren.

Ich habe Hornveilchen, Katzenminze und einen Teil von Peppers geliebtem Knabbergras auf das Grab gepflanzt. Ein Grablicht brennt nun auf dieser letzten Ruhestätte.

Ich fühle einen gewissen Frieden in mir, aber auch nach wie vor Trauer, Schuld und Einsamkeit … Beide – Phoebe und Pepper – fehlen mir unendlich. Ihr habt mir zwei wundervolle Jahrzehnte geschenkt. Ich wusste sie viel zu wenig zu schätzen. Ich will versuchen, daraus zu lernen, und das Leben in Zukunft viel mehr und bewusster zu genießen.

Peppers Vermächtnis

Bereits zu Peppers Lebzeiten hatte ich manchmal darüber nachgedacht, wie es nach ihm weitergehen sollte. Würde ich mein Herz nochmals an Katzen verschenken? Könnte ich einen solchen Verlust noch mal durchstehen? Andererseits, könnte ich wieder ohne Katzen leben?

Würde ich stattdessen vielleicht gerne mehr reisen? Oder wieder ein Pferd haben?

Vor ein paar Jahren kam das erste Mal der Gedanke an eine Pflegestelle auf. Vielleicht könnte ich damit etwas Gutes tun? Katzen auf dem Weg in ihr Für-immer-Zuhause helfen.

Nach Peppers Tod wollte ich zunächst nicht darüber nachdenken. Ich wollte ihn bewusst verabschieden und betrauern. Zudem wurde mir bewusst, dass es jetzt an der Zeit war, mich um meine lange vernachlässigte Gesundheit zu kümmern. So plante ich zunächst die lange aufgeschobene Reha und eine überfällige Operation. Bald stellte sich heraus, dass es nicht bei nur einer Operation bleiben würde.

Also erst mal keine Katze. Aber ich sehnte mich so sehr nach etwas Schnurren in meinem Leben! Und so begann ich, ehrenamtlich im Tierheim zu helfen.

An Peppers zwanzigstem Geburtstag kaufte ich all seine Lieblingssachen ein: Futter, Leckerlis, Spielzeug – alles, was er mochte. Abends brachte ich es zum Laden der Tiertafel und spendete es.

Im Oktober stieß ich zufällig online auf die Anzeige eines regionalen Tierschutzvereins: „Aufnahmestopp. Nichts geht mehr." Ich wusste, dass auch die umliegenden Tierheime voll waren. Die Situation im Tierschutz war angespannt – sie ist es noch heute ...

Spontan meldete ich mich bei dem Verein, ich hätte noch Platz. Danach ging alles sehr schnell. Bereits eine Woche später zog die erste Pflegekatze bei mir ein. Seither bin ich Pflegestelle, helfe im Tierheim, unterstütze Spendenaktionen und bringe mich ein, wo ich kann.

Dieses Engagement ist Peppers Vermächtnis. Ich tue das ihm zu Ehren und in seinem Gedenken.

Eines Tages findet mich auf dem Weg dieses Engagements vielleicht wieder eine Katze, die mein Herz berührt. Wer weiß? Bis dahin habe ich eine sinnvolle Aufgabe.

Nachwort

Pepper war ein besonderer Kater. Er hat mein Leben zu einem besseren gemacht. Hat mich unglaublich viel gelehrt und mir wunderschöne Erinnerungen hinterlassen.

Wenn eine Katze stirbt, sagt man, der Himmel hat einen neuen Stern …

Jeden Abend, wenn ich in die Sterne schaue, lächle ich und schicke meine Liebe hinauf zu dieser ganz besonderen kleinen Seele, die mir Hoffnung schenkt. Der hellste Stern am Himmel …

Der hellste Stern am Himmel

Ein heller Stern am Himmel,

Fenster zum Regenbogenland.

Ach, könnte ich doch hindurchtreten,

Dich in meine Arme schließen – für immer.

Ich schließe die Augen und sehe Dich,

hinter dem hellsten Stern am Himmel

Danke

Die Namen aller Menschen habe ich für das Buch geändert, um deren Persönlichkeitsrechte zu schützen. Da ich nicht glaube, dass Tiere derartige Bedenken hätten, nenne ich alle Tiere bei ihren echten Namen.

Dieses Buch entstand in der Zeit der Trauer, nachdem mein Herzenskater mich verlassen musste. Der Text ist dadurch häufig etwas melancholisch gefärbt. Ich habe das bewusst so belassen, denn dieses Buch ist meine Art der Trauerbewältigung.

Mein Dank geht vor Allem an zwei Personen.

An die liebe Claudia Kolb, die mich in der Trauer unglaublich unterstützte. Sie fing mich mit ihrem Trauerbewältigungskurs „Pfotentrauerreise" (www.pfotentrauer.com) nach Peppers Tod auf, und ihr Buch „Weil jede Trauer Liebe ist" erscheint nahezu zeitgleich mit diesem Buch. Dadurch haben wir uns im vergangenen Jahr viel auch über das Schreiben ausgetauscht und gegenseitig unterstützt. Danke dafür!

Und an meine liebe, langjährige Freundin Astrid Meißner, die mir die Grundzüge der Malerei gezeigt und unter deren Anleitung ich die Kohle- und Bleistiftzeichnungen für dieses Buch angefertigt habe. Nie hätte ich für möglich gehalten, dass ich Pepper einmal malen würde. Danke, dass Du meine kreative Ader geweckt hast!

Außerdem danke ich meiner Familie und meinen Freunden, die mir mit Rat und Tat zur Seite standen; ganz besonders auch meiner Mutter, die meinen Weg maßgeblich mit geformt und geprägt hat sowie all den Tieren, die mich in meinem Leben ein Stück weit begleitet haben. Ohne sie wäre ich nicht da, wo ich heute bin. Pepper hat mich von allen am Meisten geprägt. Danke, mein Schatz!

Und nicht zuletzt Danke an meine neuen Freunde aus der Pfotentrauergruppe und aus den Tierschutzvereinen, die ich mittlerweile unterstütze. Bei euch fühle ich mich verstanden.